脱線化学者の新聞投稿

関崎正夫
SEKIZAKI Masao

文芸社

はじめに

北陸中日新聞は、金沢にある中日新聞北陸本社の発行紙で、総本社（中日新聞名古屋本社）がその名の通り名古屋にある中日新聞の系列です。東京では東京新聞がこの系列に含まれます。同紙には読者の投稿欄がいろいろありますが、私に縁の深いものは「発言」と「くらしの作文」です。

「発言」は、一日に一つの面（ページ）が使われ、こうすべき、こうあってほしい、これはだめという、いわば意見発表の内容です。この面には社説と著名人の意見一編の他に、一般読者の意見が数編載ります。時々、共通のテーマのもとに意見を記述する「テーマ特集」があります。

同面には更に「モーニングサロン」と「すくらんぶる交差点」が載ることがあります。前者はエッセイのようなもので、一編です。後者は数編載ります。後者にだけ匿名が許されるので、中には愉快な話題もあります。これらも特集のテーマに従います。

また「くらしの作文」は、日々の生活を中心とした話題で、エッセイ風のものが多いです。生活（家庭、健康）面に一日一編載ります。これは右記特集の支配は受けません。

以上の投稿の内容は地域によって異なります。

私の投稿が右記の欄に初めて採用されたのは一九九七年六月。五十五歳の時でした。それ以来約二十三年。同紙に投稿を続けてまいりました。そして、二〇一九年末までに採用されたものが約二百編たまりました。私はこれを全部まとめることを計画しました。このような経緯によってでき上がったのが本書です。発行の時点で、私は七十九歳になります。「そんなに書いて、よくそれだけ不平不満を並べたもの」といった人がいました。いや、不平不満ばかりでなく、建設的、抒情的な意見もたくさん書いたつもりです。また、「すくらんぶる交差点」では「たそがれ亭主」のペンネームを使いました。

これらをこの度出版にこぎつけた本書で、どの順序で並べるかについては、内容が浅く広く多岐にわたっていますので、年月日順に並べるのが最も無難と考えました。最初のページには最も古いものが登場します。ページをめくるにつれて、だんだん新しくなります。読者諸氏は読み進めていただくうちに、この頃どんな事件があっただろうか、御自身はどうなさっていただろうかなどと、思い出していただくのも一興かと思います。数が多いので、似たような内容もちらほらありますが、あえてそのままにいたしました。お読みいただくうちに、私の思想、性格などがお分かりになるかもしれません。

作品のうち、「くらしの作文」、「モーニングサロン」、「すくらんぶる交差点」の区別は、各作品のタイトルの下の【 】内に表示しました。意見陳述の「発言」のうち、「テーマ特集」にもテーマのタイトルを表示しました。こういった表示のないものは、一般の「発言」です。

印刷された作品はすべて、新聞社の担当者が厳選しており、激しい（と推定される）競争を通過しています。誤字やおかしな点があれば修正してくださいます。私の作品もこういった過程を経て載りました。

一部の作品には書いた事情、その後どうなったかなどを付記いたしました。全作品に、と思ったのですが、私の能力とスペースの都合でかないませんでした。

また、作品の末尾には掲載年月日を表示しましたが、日付のない作品が数件見つかりました。うっかり記録を忘れました。いつ頃のものかは前後の作品から見当がつきますので、縮刷版やマイクロフィルムの中を探せばわかるはずです。しかし、新型コロナウイルスのおかげで、老人ホームにいる私は高齢を理由に外出禁止になり、図書館は閉館となり、調べることができませんでした。妙なところで歴史となるはずのできごとを記録することになってしまいました。

長期間続けて載らなかった期間が何度かあります。一九九八年から二〇〇八年の間に十年以上の最大のブランクがあります。この頃、（株）東京化学同人の月刊専門誌「現代化学」に「やじうまかがく」というコラムを連載していました。そのために、新聞への投稿をサボってしまいました。この期間を除けば、実際の投稿期間はのべ十二年となります。二〇〇七年に金沢大学を定年退職し、二〇〇九年から再び投稿を始め、現在まで続いています。

また時期が進むにつれて採用件数が少なくなるのは、私の年のせいもありますが、新聞社が投稿の新人を厚遇することも理由の一つです。私も最初の頃は厚遇され、月に四回も載ったことがありました。今は何とか月一回を守っています。この後もこのペースを守ることができれば幸いです。

本書のタイトルに使った脱線化学者という呼称は、私が自身に付けたあだ名です。私が大学で一般化学の講義をしている際によく脱線して、化学の本論から逸脱した話をしました。学生たちは喜んでいたようです。こんなところからこのあだ名を思いついたのです。

これらの脱線講義で、「やじうまかがく」など化学に関係するものは、（株）東京化学同人の「化学よもやま話」にまとめました（二〇〇〇年）。また化学に関係ない話題は、文芸社から出した「脱線化学者の独り言」（二〇一七年）および「脱線化学者の独り言―2」

（二〇一九年）に使っております。今回もこの呼称を書名に付けました。

本書を自費出版するにあたっては、著作権などについては中日新聞北陸本社の編集局次長の松井学氏の御許可をいただきました。その際同氏は「著者にしか書けないご経験が綴られている本には、読み手にとっても心に残る一節があることが多い」とおっしゃいました。力強い励ましのお言葉と感じました。

新聞に掲載前の段階では、中日新聞北陸本社のくらしの作文御担当の前田清市氏、発言御担当の山本淳一氏、その他の皆様が推敲とタイトルの考案をしてくださいました。また本文Ｐ１５０、Ｐ１９６の二編については、名古屋本社の上野誠一郎氏のお力もいただきました。これらの活動を温かく見守ってくださったのは、北陸本社の前田昌彦代表です。なお、二十三年の期間に、御担当者は異動で入れ替わりますから、関与なさった方々はさらに多くいらっしゃるはずです。そして掲載後の本の編集出版などは文芸社の皆様にお世話になりました。以上の方々に厚く御礼申し上げます。

二〇二〇年八月

関崎正夫

目次

一九九七年

「YEN」統一　明治時代から

五月八日付の本欄、白江さんのご疑問について知るところを記述いたします。

旧約聖書には、金は装飾品、銀は貨幣として使われた記述があります。これは銀が金よりも得難く価値が高かったためで、そのままヨーロッパの銀本位制度につながりました。ところがコロンブスのアメリカ大陸到達以来、銀が大量にヨーロッパに輸入され、その価値が暴落したために、銀本位が金本位に変わりました。

しかし、中国では一九三五年まで銀本位が続き、日本も一時銀本位をとっていました。「銀行」とは中国で銀を取り扱う商店のことで、これが日本に伝わったものです。ついでながら、働いて得るお金を「賃金」と書きますが、本来は「賃銀」でした。

「YEN」については、明治初期には「EN」と「YEN」が同時に使われていた時期もありました。しかし西洋人が「円」を発音するとき「イェン」になりやすいことと、当時の中国の貨幣単位がYUANで、西洋人がこの発音を「円」にも当てたことなどから、既

に明治時代に「YEN」に統一されています。（一九九七年六月）

（補足）

これは初めての投稿である。読者の一人、白江さんの、金を扱うのになぜ金行と言わず銀行というのか、円の英語はなぜenではなくyenなのか、という疑問に答える形で投稿した。日付の記録が消えてしまい、一九九七年六月しかわからない。

生徒注意せぬ　教師に不信感

公演中の原爆の語り部に、修学旅行中の中学生が暴言を吐き続けたという記事を読み、あ然とした。その記事では、青くなって語り部に謝ったのが添乗員で、そのわきで先生が次の旅行予定を生徒に説明していたという。生徒はいたずら盛りのこと、群集心理という弁護もあるいは成り立つ。許されないのは先生たちだ。公演と暴言の中で何を考えていたのか。下手に注意をすると生徒に嫌われるから、というばかげた回答が返ってきそうだ。

先生も大学を卒業しているはず。大学で一体何を学んできたのだろう。私の大学ではどうか。エレベーターに、学生の使用を禁止する表示があるにもかかわらず、平然と乗る学生。そして私がドアを開けると、当然のようにわれ先に通過する学生。こういう学生がそのまま先生になってしまうのだろうか。

学生に知識を講義することはやさしい。しかし、人間としていかにあるべきか、すなわち「人間力」を講ずるのは実に難しい。この事件は私にとって、大学人としてあらためて考えさせられるものとなった。

（一九九七年七月九日）

時代によって変化する言葉

近ごろ、若者の言葉が乱れて、正しい日本語が失われてゆく、といわれている。「超早い」「超おもしろい」の「超」。「ウソ」という変な相づち。長く話をさせると必ず入る「なんか」――などなど。

一方で、「そうろう文」を書く人は今はもういない。「父上」「母上」も失われた言葉。人間は常にその時代を反映した新しい言葉を生み出し、古い言葉を捨ててゆく。言葉は時代により変化し、それを担うのは若者である。

若者の使う奇妙な言葉に年配者が戸惑うことは確かである。かくいう私も「ピッチ」が携帯電話を意味することを、やっと知った。

しかし私は、今どきの若者の言葉が乱れている、と一概に決めつけるのは早計だと思う。時代の変化という認識で、若者の言葉を聞き、同時にわれわれの使う言葉も捨てたものではないということを若者に伝えるべきではなかろうか。

（一九九七年七月二四日）

『じゅっ』の読み　認めるべきでは

八月一日付の本欄に大杉さんが十ページの「十」の読み方は「じゅっ」ではなく「じっ」であると記述されていた。たしかに「十」には「じゅう」と「じっ」の読み方があるが、「じゅっ」はない。これは「立」の読み方が「りゅう」と「りつ」で「りゅっ」がないのと同様である。

「十」の読み方はクイズにもよく出る。それほど「じゅっ」という間違った読み方が普及していることを示す。ラジオ、テレビのアナウンサーでさえ「じゅっ」といっている。ある日本語学校のテキストも「じゅっ」を採用している。それを指摘したら、現在は「じっ」と読む人が事実上いないから、という答えが返ってきた。

言葉は揺れ動くという原則に立てば、もはや「じゅっ」を認める時期に来ていると思う。国語審議会の先生方は、いかがお考えであろうか。

（一九九七年八月一五日）

健康保険証の悪用防止策を

先日、盗んだ健康保険証で消費者金融を利用した警察官が逮捕された。このように健康保険証を悪用した事件が多い。その理由は、一つは持参者が真の所有者かどうか確認できないからである。もう一つは、健康保険証は家族も利用するから、本人だけがいつも肌身はなさず持っているわけにいかない。家族もすぐ利用できるようにわかりやすい所に置く。だから盗難に遭いやすい。

そこで、健康保険証も一人一通ずつとして写真を貼るようにしたらどうだろうか。それが難しければ、家族全員の写真を張り、割り印を押すだけでもよい。写真は数年に一回の更新時に被保険者が用意する。

これだけの処置で悪用はかなり防げると思うのだが、いかがなものであろうか。

（一九九七年八月二一日）

共食いになる？【すくらんぶる交差点】

お盆だというのに情けなや、私は出勤しなければならない。事務室へ行ったら、がらんとして、女性事務員が一人だけ留守番をしていた。

「ひっそりしているねえ。ネズミにひかれないように」といったら、彼女いわく。

「共食いになるかもねえ」

ええっ？　そうか、彼女ネズミ年だった。

（一九九七年八月二五日）

たそがれ夫婦【すくらんぶる交差点】

わが妻はことあるごとに「愛している？」と聞く。若夫婦じゃあるまいし、そんなこといちいち返事しておれるか。いい年をして。

それでも、何かいわないと後がうるさい。適当に「うん、まあね」というとごきげんだ。

ある時、食事中に「愛している？」が飛び出した。私は、そらまたきた、とハッとして……。その瞬間、冷や奴にマヨネーズをかけていた。

（一九九七年八月三〇日）

いきなり玄関入るのやめて

金沢に住み着いて四半世紀たった。一口にいって素晴らしい町だと思う。

しかし、どうしてもなじめない習慣が一つある。それは来訪者が、チャイム（インターホン）を押すことなく戸を開けて、玄関に入ってから「ごめんください」と呼ぶことだ。これは一種の無断侵入である。だらしのない格好でくつろいでいるとき、この手の来訪を受けて、慌てたことが何度もあった。

東京などの大都市の様子はドラマを見ればわかる。まずチャイムを押して家人の返事を確かめ、戸が開くのを待つ。これが来訪者の標準的行動である。

チャイムやインターホンが普及した現在、いきなり玄関に入るという習慣を改めることもまた、金沢の近代都市化への道と思うが、いかがであろうか。

（一九九七年九月一四日）

ラベル付きで歩こう【すくらんぶる交差点】

道路ですれ違ったおばあさんに話しかけられた。おや、何事だろう、と思い、立ち止まった。おばあさんは私の襟首に両手を回して、「こんなものがついていましたよ」と私の耳元にささやいた。

何と、それは上着の襟についていた洗濯屋のラベルだった。こんなものくっつけて、気づかずに歩くとは……。私は長生きするぞ。

それにしても、もしおばあさんではなく、妙齢の女性だったらよかったのになあ。もう一度ラベルをつけたまま歩こうかな。

（一九九七年九月二六日）

長距離運賃の珍現象に疑問

　国鉄がＪＲになってからサービスが向上し、面倒くさがる係員がいなくなったことは結構なことである。しかし、国鉄以来の運賃規則には疑問を感じる。

　金沢から大阪市内までの運賃は四、六二〇円である。ところが、切符を金沢―松任間と松任―大阪市内間の二枚にすればそれぞれ一九〇円、四、三一〇円、合計四、五〇〇円で、通して買った切符より一二〇円安い。名古屋へ行く場合も別の駅で同じ現象が起こる。これは六十キロ以上のあらゆる区間の約半分について起こる珍現象である。

　この理由は、長距離運賃の上げ幅が最低運賃（一四〇円）の倍以上になっているからである。

　この手で乗り越したり、二枚の切符を買われると現場が困るので、切符は必ず目的地まで買うように、という立派なポスターがある。こんなポスターをつくる暇があれば、おかしな運賃規則を改めるべきであろう。方法はいくらでもあると思う。ＪＲはいかがお考えであろうか。

（一九九七年一〇月一〇日）

誤った食品情報に注意！

酸性食品を食べ過ぎると血液が酸性になるから、アルカリ性食品を食べよう、とよくいわれる。とかく酸性食品は目のかたきにされる。

しかし血液のＰＨは七・四から七・六で、この範囲を超えた変化はまず起こり得ない。食品の酸性、アルカリ性は、食品を完全燃焼させて残った灰を水に溶かし、そのＰＨを測定して決める。

食品は体の中で完全燃焼するわけではない。燃焼すれば消えてしまう有機化合物が健康を維持し、エネルギーとなり、ときには害になるのである。だから、酸性かアルカリ性かの区別は無意味である。

肉と野菜を同時に食べることは栄養のバランスから考えて妥当であるが、偶然にも肉が酸性、野菜がアルカリ性に分類されている。肉を食べ過ぎて気持ちが悪い場合は胃腸の具合が悪くなったのであり、血液が酸性になったのではない。

誤った情報に振り回されないように、注意したいものだ。

（一九九七年一一月一日）

（補足）

食品が酸性かアルカリ性か、を考えることはやっと行われなくなった。酸性、アルカリ性の度合いはｐＨという単位で表現される。ｐは小文字で、Ｈは大文字だ。投稿の折、文字の指定をしなかったので、両方とも大文字でＰＨと表現されてしまった。

二〇〇九年

皆既日食の時　2度も見逃す

日食といえば名古屋の高校時代を思い出す。そのときの皆既日食は伊豆諸島で、名古屋でも周辺が暗くなった。その日は別の高校で体育大会があり、応援に行くようにとの担任の指示があった。

周辺が暗くなってきたが、競技は続くようだった。

私は我慢できずすたこら自宅へ。手製の望遠鏡を取り出したが、とき既に遅し。プロ野球も一時試合を中止したというのに、当時の高校の先生方はやぼな人だった。

今度は見なければ、と決めてから五十年。その日がやってきた。何と間の悪いこと。よりによって胃カメラの予約をしていた。

次は北陸では二十六年後だ。今度こそ見るぞ。

（二〇〇九年七月二九日）

車生産と道路　バランス大事

大手の自動車工場の生産活動が回復し始めた。景気の回復が感じられるようだ。一時はものすごい台数が生産されていたこともあり、今後もそうなるであろう。

車は売れれば当然道路を走る。車を乗せるだけの道路があるのか。

高速道路は多いようだが、私たちの住む生活道路は二十年以上昔のままだ。こんな状態のところへ大量の車が入り込めば、渋滞、事故が起こることは明らかで、そのすき間を歩行者が恐る恐る通行する。

これでは安全な市民生活はできない。

車の製造に応じて生活道路の新設、拡幅をはかるべきで、それが不可能なら車の生産を停止すべきであろう。


（二〇〇九年八月六日）

自転車暴走に厳しい処罰を

高校生の自転車が、わが物顔で歩道を走り、信号無視をし、交差点での徐行をしない。私のような年寄りはひやっとすることが何度もある。二台以上の並走は危険きわまりない。また狭い歩道は通行禁止なのに、彼らはお構いなしだ。

自転車は歩道では凶器である。現に自転車が原因となった死亡事故も起こっている。自転車の違反取り締まりは事実上ない。しかし、大都市の一部では行われている。違反を見つけ次第その場で罰金を徴収するのだ。これを全国的に広く実施してはどうか。あるいは違反自転車そのものを没収する。思い切ったことをしないと、自転車による事故はどんどん増加していくであろう。

（二〇〇九年八月一六日）

尾山神社【モーニングサロン】

尾山神社は私の家のすぐそばにある。だから各種の情報に関心が向く。まず、窓から見える新しい鳥居。トラックが古い鳥居を壊してしまった。トラック側の負担で新しい鳥居ができて、まずは一安心。

神社の正門（神門）は三階建てで、最上階は日本の社寺には珍しくステンドグラス。この階は、建設当初、灯台の役割を果たしていたという。現在は内側からのライトで夜の門を美しく照らし出している。いつだったか、日中この部屋の中から外の様子がテレビ中継された。幻想的な彩りだった。

門の完成（明治八年）と同時に、日本で最初の避雷針がこの門に設置された。また鎌倉時代の仏教風の供養塔が神社内にあることが、昨年六月末の本紙に報道された。十三世紀前半に京都で造られ、全国に三例残っている。これがよりによって手水鉢《ちょうず》として使われていた。発見者も神社側もびっくりしただろう。

暗い話の多い中、金沢を代表する尾山神社のエピソードはいかがだったか。

（二〇〇九年九月三日）

忘れた薬届き　親切心に感謝

去る九月八日午後、私と妻は病院の帰りに京町の大型薬局で買い物をしました。かごをレジに置き、妻が支払いをする間に、かごの運搬車をもとの場所へ戻しました。

さて、二人分の薬袋と布製の雑貨入れは？

運搬車に忘れてきた！　レジへ申し出たら、担当の方が「お客さんから届いていますよ」。薬がないと大変なことになるところでした。届けて下さった方にはこの場を借りて厚くお礼申し上げます。従業員の方々には手間暇をおかけし申し訳ありませんでした。

帰宅途中、薬袋がずっしりと感じられました。届けて下さった方の親切心の重みだったと思います。

（二〇〇九年九月二〇日）

名金線の思い出【モーニングサロン】

かつて金沢から五箇山、白川経由名古屋行きのバスがあった。十一月の上旬、私は乗った。男性の車掌と思ったらガイドだった。運転手に聞くと「彼は運転の交代要員。しかし私には彼のような名ガイドは無理。ガイドは彼に任せます」

バスは富山県内を抜けて飛騨山脈に入った。途中で道を外れて山の中で停車した。今を盛りと真っ赤に燃えた無数のカエデがバスを取り囲んだ。ガイドは山の上を指し、「あれが白山スーパー林道です。これは路線バスだから、こんなところへ侵入してはいけないんですが、今日はサービスです」乗客から笑いが出た。

その後もカエデ道はとぎれず続いた。眠るようなガイドの名調子に聞き惚《ほ》れた。バスを降りてカエデの美しさに身をゆだねた。

白川では長時間の休憩があり、合掌造りをゆっくり見物できた。そして終点で彼は私にささやいた。「この路線は近くワンマン化されガイドはなくなります」表情は寂しげだった。

（二〇〇九年一〇月一五日）

医療保険の怪　ぜひ解消して

わが国では病気の治療のための保険制度が完備しており、結構なことと思う。しかし、最近こんなことがあった。妻は婦人科から長期間ある薬をもらっている。ある時支払額が急増した。聞いてみれば妻の薬は年齢制限があり、年を取ると保険が利かなくなるのだそうだ。医師が治療に必要として出す薬の保険が利かない？　なぜ？　こんな例は他にもありそうだ。

保険適用の規制は微に入り細をうがっている。これではいたずらに医療現場が混乱するだけではないか。

病気治療に必要な医療には差をつけず、すべて等しく保険適用すべきである。それが真の完備した保険制度だ。

（二〇〇九年一一月五日）

私のケア【モーニングサロン】

私は病気による運動不足解消のために、老人専用のケアセンターに通っている。広い部屋にいろいろな装置がある。筋肉を柔らげ、血流をよくするもの、体の緊張を取り、ほぐすものなどだ。マッサージ、風呂もある。利用者数は一日あたり十五人ほど。スタッフは五、六人。皆二十代の若者だ。

装置に乗り、動きだすと気持ちがいい。それよりも心休まるのは運動終了後のスタッフの「お疲れさま」という大声だ。決してうるさく感じない。その声に何ともいえない安心感を持つ。「あ、一つ終わった」。

スタッフは利用者の問いかけに明るく応じる。足腰の不自由な人が動くとぱっと手や腰を支える。椅子《いす》にぼんやり座っている人には雑談を仕掛ける。スタッフは利用者を装置に乗せるだけではなく、その心も大事にしてくれる。

四時間のプログラムはあっという間に終わる。みんな帰宅のためにスタッフの用意した車に乗り込むのである。

（二〇〇九年一一月一一日）

雪の朝のロマン【すくらんぶる交差点】

初積雪。年賀状をポストに投かんしようとしたら、ツルリと尻もち。起きあがれない。そこへ朝の散歩中の女性が駆け寄り、マンションの屋根の下まで腕を組んで導いてくれた。自己紹介し合い、女性は同じマンションの方と分かったが、マスクと防寒着で顔も年も不明。しかし、私はロマンを感じ、至福の時となった。私の年？ 以下の通り。（たそがれ亭主、68歳）

（二〇〇九年一二月三一日）

二〇一〇年

不公平な天候【モーニングサロン】

　これから約二カ月、北陸は連日雨や雪が続く。冬の天気が悪いのは常識だ。ところが太平洋側では、ずっと青空と太陽の毎日だ。空気はからからに乾き、落ち葉が風に吹かれてかさかさと音を立てて移動する。

　名古屋育ちの私は、初めての金沢の冬に、洗濯物や布団が干せないのにはまいった。名古屋では気の向いたときにいつでも干せる。南向きの室内は太陽の光がさんさんと降り注ぎ、暖房は不要だ。

　転じて、金沢育ちの人は名古屋の連日の快晴に驚く。そのうちドカ雪が降るぞと無駄な心配をする。傘を持って外出したら、近所の人に笑われた。長靴などもちろん手に入らない。というよりも必要ない。そしていつの間にか春になってしまう。金沢をはじめ北陸育ちの人は戸惑う。

　名古屋では加湿器、金沢では除湿機がいる。この天候の違いは何たることか。自然は不

公平だ。　（二〇一〇年一月一四日）

CO_2削減より避難賢明では

地球温暖化の原因は二酸化炭素（CO_2）とされ、各国が二酸化炭素の削減で苦慮している。しかし、温室効果を促す気体はほかにもある。その中で飛び抜けて高いのが水蒸気だが、これは取り除けない。

一万年ほど前に小規模の氷河期があった。その後、地球は間氷期の高温の方向に進んでいる、とされる。最高気温になるのが千年先か、一万年先か知るよしもない。温暖化は大自然の流れであり、人類は無力である。

そんな中で二酸化炭素だけを減らしても、意味があるのだろうか。その費用で小さな島や、低地の住人を高地に避難させた方が賢明ではないだろうか。　（二〇一〇年二月七日）

雪の朝のロマン【くらしの作文】

ある雪の朝、私はマンションのそばにあるポストの近くで転倒した。起き上がれず困っていたら、スラリとした女性が小走りに近づいて、私の腕をつかみ起こしてくれた。

大きなマスクをしていたので、顔、年齢が全く分からなかったが、マスクの端に見える肌のつや、きびきびとした行動、それに姿勢がいいことから、三十代か、よくいっても四十代前半と判断した。腕を組んで雪のないところまで連れて行ってくれた。わずかな時間だったが、私の心は高鳴り雪の中のロマンを感じた。お互いに自己紹介して別れた。

それ以来、女性との文通が始まった。彼女は二年前に還暦を迎え、お孫さんがいるとのこと。いや、私の記憶ではマスクを付けた彼女はもっと若かった。マスクの下はどんな顔だろうか。想像に想像が重なり、忘れられなくなってしまった。

私を助けてくれたとき、彼女がマスクを付けていなかったら、速やかに忘れてしまったことだろう。

その後、彼女には会っていない。マスクを取った顔を、今は知らない方がいいかもしれない。あのとき感じ取ったロマンとともに大事に記憶に留めておこう。

（二〇一〇年二月二二日）

（補足）

この年は平成22年。22・2・22という超ぞろ目の日に、私にとって初の「くらしの作文」が採用された。

歩行者用信号　安全面に「？」

国道を横断する歩行者用信号の赤の時間が長い。例えば金沢市南町の交差点は赤信号の時間が二分三十秒である。青になれば急いで横断しないといけないが、私の足では渡りきれない。幼児や小学生でも危険なのではないか。おそらく三十秒もないであろう。

この国道沿いの信号機のある歩道は、どこも赤の時間が長い。これだと、赤でも少しの車の途切れを狙って横断する人が出現する。安全面からもよくない。もう少し赤の時間を短くできないか。

そうすれば道路を挟む地域の交流にも、よい影響が出てくると思う。市内を通過するだけの車は、脇道を通るようにすれば少しは解決するであろう。（二〇一〇年三月一〇日）

（補足）

三月一〇日付の記事は金沢市の中心を通る国道157号線に関するものである。この道路は市内武蔵ヶ辻付近で国道159号線に変わる。この2本のつながった国道は、交通量が多く、横断するための信号待ちが長い。本文にある赤信号2分30秒という時間は、待つにはあまりにも長すぎる。そこで、こんな発言を書いたのである。

この記事を読んだ警察が、待ち時間の調整をしたから、その旨私に伝えてほしいという連絡が中日新聞（北陸本社）に届いた。私は新聞の担当者からのメールで警察の話を知った。私はこの担当者に、お礼かたがた、どう変わったか確認する旨伝えた。発言に載せた意見を警察が受け入れてくれたと、担当者は喜んでくださった。私もうれしくなった。

煙を出さないかみたばこに【テーマ特集「全面禁煙」】

たばこの出す煙は、今や二次喫煙といって大いに嫌われ、どこも全面禁煙の動きが出ている。だから煙を出さなければいい。

かみたばこは利用できないだろうか。少量のたばこの葉を口に含むものだ。この場合、一時的に大量のニコチンが体に入り、健康上よくないそうだが、他人に健康被害を与えるよりはるかにいい。
歩きながら喫煙する卑しいやからもいなくなる。灰も吸い殻もなくなる。誰にも迷惑はかからない。体に悪いと思ったら、個人の判断でやめればよい。全面禁煙？　かみたばこなら関係ない。日本たばこ産業もかみたばこを販売してはどうか。ただ、かんだ後はしっかり処分をしてほしいと思う。

（二〇一〇年三月二三日）

妻の入院と私【くらしの作文】

私の妻は入院中だ。入院するとき、妻から指示があった。「金融機関からの電話には○○○へ行っている」「友達からの電話には×××へ」……。そのほかにもいろいろと。「ともかく『入院』と言わんでほしい」

私はすっかり混乱した。先日も娘からの電話に「家内は今娘のところへ行っています」と答えると、娘が「はあ？　お父さん、しっかりしてよ」。それ以来、指示に従わず、妻は入院中と明言することにした。

そういう私も、治療法不明の難病で足が思うように動かない。時々転ぶが、幸い骨折には至っていない。転んだとき、それを目撃した男女の対応の違いが分かってきた。

女性は何とか起こそうと手を引っ張ったりしてくれる。男性は周りに集まってワーワー言うだけで、起こしてくれる気配はない。ヘルパーに言ったら「そういう点は、男より女の方が動きが速いですよ」。

私の場合、治らないのだから入院しても無意味だ。夫婦そろって重症では、今後のことが思いやられる。二人とも、身体障害者手帳を持っている。老人ホームも考えたが、何とか街の中を歩けるしヘルパーも助けてくれる。もう少し様子を見よう。

（二〇一〇年四月二日）

パーキンソン病【くらしの作文】

私はパーキンソン病にかかっている。これは原因も治療法も不明として、厚生労働省が指定している難病の一つだ。

初め、長期間の震えに悩まされた。人は酒の飲みすぎとか、運動不足とか、いろいろのたもうた。ついに病院に行った。その診断結果がこれである。

こんな病気にまさか自分がかかるとは。この疾病は震えに始まって、身体の運動機能が次第に低下していく。最悪の場合は寝たきりになる。

現在の私の状況は歩きにくい。だから、私は努めてヘルパーと共に歩くようにする。家に閉じこもっていると、本当に歩けなくなるそうだ。ヘルパーは私の足が速くなると警告する。時には休憩する。だから時間がかかる。ヘルパーのいないときは仕方ないから一人で歩く。こういうときはよく転倒する。

転倒すると立ち上がれない。ヘルパーによれば、転んだら慌てて起き上がることを考えず、体力が戻るのを待つ。骨折などしていなければ、やがて自力で起き上がれる。試してみたらその通りだった。それにしても、世の中にはこんな病気もあるのだ、と変な感心をする。

（二〇一〇年五月四日）

再会に酔う

中学時代の名古屋の同級生から、金沢へ行きたいという連絡があった。最初は驚いたが、それはすぐ喜びに変わった。ぜひ来てくれと連絡し、彼らの宿と食事場所を確保した。

四月に三人がわが家へ。五十年ぶりの再会だ。みんな年相応に老けていたが、面影は残っていた。予定の食事まで、まだ時間がある。時間つぶしに、わが家で口汚し程度の酒を飲むことにした。昔話をしながらの酒はうまかった。いや、それよりも元気で会えたことが何よりだった。

今度は金沢でクラス会をやろうと、話は弾んだ。こんな状況で食事前にみんなできあがってしまった。この辺りから、私の記憶はあやしくなる。店までは行った。後は記憶がない。よっぽどうれしかったのだろう。気がついたら、自分のベッドに寝ていた。

一週間後、一人でその店へ行って、聞いてみた。みんな、ひどく酔っていたが、無事に店を出たとのこと。安心したが、幹事がこれではしょうがない。

（二〇一〇年五月一三日）

暴走自転車に罰則の再提言

本欄で「自転車の危ない乗り方」が指摘されていた。かつて、私も昨年八月に自転車の暴走について発言させてもらった。この種の意見は何度も掲載されるが、危険な自転車は一向になくならない。

車は規制だらけで、運転者は最大の注意をはらうが、自転車には規制が事実上ない。これでは駄目だ。昨年提案させてもらった私案は、違反者からはその場で罰金を取る、あるいは、違反自転車をその場で没収するなど。

マスコミもそれを大きく取り上げればよい。実行には、やはり警察に頑張ってもらう以外にない。必要経費は自転車の売価に含めるか、没収した自転車を売ればよい。

（二〇一〇年五月二三日）

介護保険制度　周知足りない

介護保険制度が実施されてから十年。住民は原則として六十五歳になると介護保険証が送付される。私は何に使うのかわからないまま、いずれ役に立つと思って、漠然と保険料を支払ってきた。

何かのきっかけで介護福祉支援センターの存在を知り、そこで説明書をもらい、その意味が初めて分かった。

行政機関は保険料を取る前に、何の役に立つのか、住民に分かりやすく知らせる義務があるのではないか。

少なくとも業務を行うセンターの連絡先を示した説明書を、初めて送付する保険証に同封するぐらいのことをすべきであろう。私が初めて保険証を受領したころよりは、多少なりとも改良されているのだろうか。

（二〇一〇年六月一三日）

病気の克服談　患者の励みに

私の手元に新聞の切り抜きがある。自力でぜんそくを克服した人の話だ。彼は名古屋に住む私の古い友人である。子どものころから気管支ぜんそくに悩み、しきりに襲う発作に苦しんで、入退院を繰り返した。

医者から見放され、自分で治す以外にないと判断。少しずつ歩き始めた。やがてそれは駆け足になり、次第に距離を延ばしていった。ついにマラソンに参加し、完走するまでになった。

すると次第に体が楽になり、発作が治まったという。こうした治療方法は既に古く、今はもっと近代的な方法に変わっているとのことだが、友人の努力はぜんそくの治療につながり、患者の励みになるのではないか。

（二〇一〇年七月三日）

座学ではない体験させよう【テーマ特集「夏休み」】

家の子が学齢期のころ、一人一研究といって、何かを考えてまとめる宿題があった。これで苦しんだのは親の方である。親が悪戦苦闘しているそばで子どもが遊んでいた。今でもあるのだろうか。

夏休みは本来、体を夏の暑さから守り、十分な休養を取るためのものである。しかし子どもたちの場合、遠方の親類へいったり、知見を得るための旅行など、通常では経験のできないことができるように、長くとってある。

しかし、デスクワークの宿題が相変わらず多い。長い夏休みがこういう宿題のために使われるのは、本来の趣旨から外れる。この手のものなら、夏休みの宿題ではなく授業中にできるはずだ。夏休みは休養のためであることは先生にもいえる。先生も十分休養されたい。

（二〇一〇年八月三日）

手続き厳格で献体申請断念

医学の基礎は若い医学生の解剖実習にある。内臓の複雑な構造を、いざ覚えるとなると、手に取って見るよりほか仕方がないだろう。そのためには、より多くの遺体が必要である。医学系の大学では解剖実習のための遺体が足らないと困っているという。

私もそれに応じ、献体の申請をし、受理された。妻も応じようとしたら、印鑑が必要な兄弟姉妹の中に、ほとんど会ったことのない人物が一人いるという。「戸籍謄本を出す訳じゃないから、無視すればいいだろう」と言ったが、妻は「それではだめ」と、言う。さんざん考えた末の結論が「やーめた」の一声。

献体の申請については、兄弟姉妹の欄を印鑑不要にし、もう少し簡略化すれば、もっと増えるのではないか。

（二〇一〇年八月一四日）

でこぼこ道路　安全対策望む

私は足が悪くなってから、道路の踏み心地が分かってきた。

まず、主要道から離れた生活道路はでこぼこで、踏み心地の悪いこと。足を取られて、転倒することがある。周辺の関係を考えない無秩序な部分舗装のためである。

それから歩道と車道の接点で、歩道がやたらに高いところがある。信号待ちのとき、傾斜の上に立ち止まっていると危険である。

金沢は観光都市。しかし、ほかの観光都市に比べて、その道路管理はお粗末な気がする。例えば、歩道は化粧タイルで覆って平らを保つなどの安全対策が必要である。一般の道路も時々、オーバーホールして、快適な歩行ができるようにお願いしたい。

（二〇一〇年八月二七日）

資源ごみ回収頻度見直しを

プラスチックやアルミ缶などは資源ごみとされ二週（時には三週）に一回、回収される。しかし、この定義や回収方法が開始されたのは相当前のことで、現状に合わなくなっている。

回収日にはごみが山のように集まり、回収場所をはみ出し、午後になっても回収車が来ない。

これは食品を包む容器が増え、多様化し、昔はなかったペットボトルが急激に増え、瓶よりも缶ビールが普及したためである。

回収担当者にはご苦労であるが、回収日を毎週一回ぐらいに増やす時期に来ていると感じる。

（二〇一〇年九月一〇日）

迫るＣＯＰ10　知識の普及を

ＣＯＰ10というプロジェクトがある。これは自然と生物と人類との融和を目的とした世界的な組織で、万博並みに評価されている。

トキのように乱獲による生態系の破壊、ブラックバスのような外来生物による生態系のかく乱、地球温暖化による危機など地球上の生物は多くの問題を抱えている。

これらを世界規模で解決しようというのが、ＣＯＰ10の目的である。平たくいえば、地球上の人間と人間以外の生物の共存をうたったものである。この大会が日本で初めて愛知県の広範囲において来る十月に開かれる。

しかし石川県では知名度が低い。その知識の普及に本紙の奮起をお願いしたい。

このプロジェクトの総責任者の林清比古氏が去る八月二十日金沢を来訪した。実は私は彼とは学生時代からの友人。ＣＯＰ10よりも、昔話に夢中になった。私は彼の来訪に単純に大喜びしたが、今になってＣＯＰ10の話をもっと聞いておけばよかったと思う。後は、ＣＯＰ10が成功裏に終わることを祈るのみである。

（二〇一〇年九月一八日）

（補足）

ＣＯＰに関する発言は右記の他もう一つある〔10月17日（Ｐ46）〕。二つの作品のうちの一方が一つの紙面のど真ん中に置かれ、バックにはツタのような草模様が描かれていたと記憶する。どちらの作品だったか、忘れてしまった。第10回のＣＯＰに発言担当者が強い関心を示したことがうかがえる。私は大いに感動したが、はて、この一面を保存するのに苦労した。色々あって結局発言の内容のみ残すはめになってしまった。もう一度見たいと思ったが、縮刷版などで調べることができなかった。その理由は冒頭の「はじめに」に記してある。

ごみ回収日増金沢市見解は

本欄（九月十日付）に資源ごみの回収を週一回にするように提案した。回収日を増やすとすれば予算が必要だ。

金沢市の担当部局はこれについてどう考え、どう対処されるのだろう。私の住居の近辺は、資源ごみの回収場所が公道上にあるところが多い。観光客もたくさん通る。ごみが道路にあふれておれば、観光都市が泣く。特に九月十六日から十月七日までは三週間も回収日がない。これではひどくなりそうだ。何らかの対策を早急に考えて、公表していただきたい。

（二〇一〇年一〇月一日）

（補足）

この投稿を読んで、金沢市の2人の職員が我が家を来訪した。どんな話をしたのか忘れてしまったが、市としては何らかの改善を図ったものと推定する。

ＣＯＰ10活動　動向に注目を

生物多様性条約第十回締約国会議（ＣＯＰ10）が名古屋市で行われている。人間とそれ以外の生物が仲良くし、異種生物間の争いをなくし、温暖化に抵抗して、安心してすめる地球の形成（生物多様性）を願っての会議だ。

石川県はつい最近まで無関心だったが、本紙が動き始め、高校でも授業として取り入れられたそうだ。愛知県ではこのような動きが五年前から始まった。石川県はこれから追いつけばよい。

特にこの会議の重要課題の一つ、里山の活性化については石川県は現段階ですでに他地域に抜きんでている。これを大いに活用すべきだ。

新しい話ゆえ、理解できない読者も多いかと思う。その方々は、今後のマスコミの動きに注意していただきたい。

（二〇一〇年一〇月一七日）

（補足）

P45参照。

送金の手数料　銀行なぜ高い

今日銀行で四万円あまりを送金したところ手数料を八百四十円も取られた。電報送金にすればもっと高くなる。銀行によれば、これより安い送金方法はないとのこと。

これでは郵便局の現金書留よりも高くないか。郵便局には振り替え、小為替のような安い送金方法がある。少し手間をかければもっと安くなる。最初に若干の手続きをして、送金を開始する郵便局を決める。手続きに手数料はかからない。いったん手続きが終了すれば、後は送金額にかかわらず一回十五円で送金できる。年会費のようなものはもちろん必要ない。

その気になれば十五円で送金できるはずなのに、銀行はなぜこのようなべらぼうな手数料を取るのだろうか。

（二〇一〇年一〇月二三日）

（補足）

郵便局の「15円で送金」は民営化後どうなったのだろう。この方法での送金には私も相当お世話になったが、今は送金の必要性もなくなり、郵便局もあまり宣伝していない。廃止したのかな。

庭師をまねて自分で雪つり【テーマ特集「北陸の冬への準備」】

一軒家に住んでいたころ、晩秋になると私は庭の木々に雪つりを施した。山の中腹の広い土地故、木の数も多い。初めはプロの庭師にやってもらって、それを写真に撮り、翌年以降毎年それを見ながら作業した。

素人処理ではあったが何とか雪から木を守れた。コストも安く上がった。

作業時は生け垣のドウダンツツジの葉が真っ赤に染まるもっとも美しいころだ。そこへ荒縄をかけると、赤い葉がバラバラと落ちる。

また、サザンカは冬の花。これも縛り上げてしまう。冬には縄の間から、花が苦しそうに開く。もっとも美しい時期に縛られるとは不合理な話だ。雪つりに疑問を感じる。しかし、縛らなければもっと悪い事態になる。

そして、今は年を取り、何の準備も不用なマンションで楽隠居している。


（二〇一〇年一〇月二五日）

介護保険は福音【モーニングサロン】

六十五歳になると介護保険が利用できる。この魅力の一つはホームヘルパーを通常の一割の負担で利用できることだ。私は足が悪く、転倒骨折の恐れがあるので、単独の外出は止められている。ヘルパーの指示で歩くと転ばない。それまではよく転んだ。ヘルパーの一人が私に尋ねた。「受け身の練習をしていますか」と。「なぜ？」と私。「よく転ぶ割には骨折していないから」だった。

念のため、私は自分の骨密度を測った。ほぼ心配ないという結果が出た。今は転びそうになると、ヘルパーが女性とは思えない怪力で体を支えてくれる。利用者が負傷すると、ヘルパーの責任になるから、彼女らも真剣だ。すると、私も気楽に転んでいられない。

外出から帰宅後は掃除その他の家事をしてもらう。おかげで私は楽になり、家の中もきれいになる。私はこれで大事なことを学んだ。年を取ると人の助けなしでは生きていけないということだ。特に病気になったら大変だ。私の妻も入退院を繰り返している。介護保険の扱い方を誤らなければ、老人に対する福音であることは間違いない。

（二〇一〇年一一月四日）

全面地デジ化弊害にも目を

テレビの地デジへの全面切り替えまで残り半年少々である。切り替えが終わればアナログは使えなくなる。そのためにデジタル化の告知がずいぶん前からされていた。デジタル化すれば画面の映りがきれいになることだけはよくわかった。ほかにもいろいろメリットはあるのだろうが、素人の私にはよく分からない。

しかし、中にはデジタル化するだけの費用がないという人もいるのではないか。そういう人への救助対策はどうなのだろう。また、デジタル化すると、アナログに比べて放送時間が約一秒遅れる。だからＮＨＫは時報の放送をやめてしまった。これは不便だ。全面デジタル化になれば再び時報を放送するのか。

デジタル化のメリットだけが強調され、デメリットが隠されていることはないだろうか。その辺が心配だ。

（二〇一〇年一一月一〇日）

日本ではやる血液型の占い

わが国では血液型による性格判断や占いがはやっている。使われる血液型はもちろんＡＢＯ方式だ。ここへＲｈ方式が絡んだらどうする。さらにｍｎ方式を入れたら？

実は血液型にはたくさんの方式がある。それらをすべて考慮した組み合わせだけで、地球上の人口をはるかに超える。人は皆、血液型がどこかで違っており、血液型がすべて一致する可能性は極めて少ない。

ひょっとすると、いないかもしれない。その中の一種ＡＢＯ方式だけがなぜ日本で有名になったのだろうか。

（二〇一〇年一一月二八日）

医学向上願い　献体の手続き

医学を初めて学ぶ学生にとって解剖実習は避けて通れない。そのための遺体が不足しているという。家庭の思想、宗教的な理由で遺体の提供（献体）にためらいを感じるからであろう。

私は既に献体の手続きをした。どうせ燃やしてしまう体だ。その前に利用できるなら大いに利用してほしいと考えている。

自然死した遺体は医学教育に非常に有益であることを医学系大学は、教育機関や自治体の広報などを通してもっと宣伝すべきだ。

現に私も献体を思いついて、医学系のある大学に電話したら、たらい回しの末、かけなおした記憶がある。これではだめだ。それから献体の申請書をもっと簡単にする必要もあると、思う。

（二〇一〇年一二月三日）

掃除のおじさん【くらしの作文】

妻が体調を崩し入院したため、近くのコンビニに昼と夕の食事を買いに行った。ついでに焼酎を、と物色していると、後ろから肩をたたかれた。私の住むマンションの掃除をしているおじさんだった。

今日は日曜日で、おじさんは休みだ。ニコニコしながらポケットに手を突っ込んで焼酎の小さいペットボトルを取りだした。まさか、おじさん万引？　と驚いたが、違っていた。

「今日は女房がいないので、これから家で飲むんだ」

マンションで仕事をしているときとはまるで違う、平穏で楽しそうな顔だった。そうだ、これがおじさんの真の顔なんだなあ、と思った。

「新しい掃除担当者」と紹介されたときのおじさんは、怒ったような顔だった。あいさつしても知らん顔しているタイプだと判断してしまった。しかし、私は小まめに朝、昼のあいさつをした。のどに何かつかえたようなぎこちないあいさつが返ってきた。そのうちにおじさんが天候のあいさつをするようになった。

「お、おじさん、開けてきたな」。そして今日の笑顔。私は何とも言えぬ親しみを感じた。

よかった。これで私の知り合いが一人増えた。

（二〇一〇年一二月六日）

生活の知恵が割り箸作った

割り箸《ばし》は木の無駄遣いとされ、何度でも洗って使える塗り箸を使うべきだという。

しかし、洗うなら、水と洗剤が必要だ。実用性についても、塗り箸でめん類をつかむのは容易ではないが、割り箸なら簡単につかめる。江戸・元禄時代の生活の知恵が割り箸を生み出したのだ。

それ以来、割り箸の生産は続くが、そのために山の木の不足の事態は起きなかった。割り箸に費やす材木は極めてわずかで、例えば間伐材や、製材で生じる木片などで十分、間に合う。割り箸だけのために新木を切り倒すことはまずない。

それに昔から割り箸は家内工業のような小規模生産だ。割り箸の使用中止に伴って発生する従業員の失業対策は大丈夫なのか。こちらの方が私には極めて不安だ。

（二〇一〇年一二月九日）

（補足）

中国では割り箸のために、大きな森林が次々と破壊されていることを、この記事掲載後知った。投稿時点で国内のことのみ考えていたので、こんな意見になってしまった。

家も体も影響　湿気取る工夫

石川県の冬は湿度との戦いだ。除湿器がかなり普及してきたとはいえ、窓のガラス戸に水滴をいっぱいためて、何とも思わない家庭がいかに多いことか。

この水分が、寝具や家具を湿らせる。家全体を湿っぽい状態にする。当然住人の健康状態に悪影響を及ぼす。鉄筋のマンションではその危機はさらに大きくなる。家全体が傷むことはもちろん、住人の健康被害はもっといちじるしい。木造と同じつもりになってはいけない。

例えば、わが家では炊飯器は戸外のベランダで使用する。炊飯器使用時に発生する湿気はばかにならない。健康のために家の中の湿気を取る、湿気を入れない教育がもっとなされていいのではないか。

（二〇一〇年一二月二二日）

錬金術の時代　成果も残した

　今年は二人がノーベル化学賞を受賞し、今や日本の化学は世界に認められ、結構なことだ。

　近代化学は一八〇〇年ごろのヨーロッパの動きがその始まりとされる。それまでは錬金術の時代であった。錬金術のスタートは古文書などから一世紀ごろと判断された。

　錬金術は〝インチキ技術〟とされ、化学は千七百年もの回り道をしたとよくいわれるが、果たしてそうだろうか。錬金術師の多くはまじめな実験者であり、実験を繰り返し、薬品を作るなど、多くの成果を残してきた。

　人をだますごく一部の不逞《ふてい》のやからのせいで、錬金術全体を〝インチキ技術〟と見なすことは明らかな判断の誤りだ。錬金術という言葉自体が時として悪い意味に使われるのも情けない。

（二〇一〇年一二月二五日）

二〇一一年

思い出こもる教室でお祝い【テーマ特集「成人式」】

私たちの成人式は木造の中学校舎の、教室三つをぶち抜いたにわか講堂で行われた。校長らのあいさつの後、全員に湯飲み茶わんが配られ、一升瓶に入った酒が振る舞われた。大きな部屋に歓声が上がった。かつて教壇に立った先生が酒をついでいるのが私には愉快で、懐かしかった。

式典終了後、みんなはかつて学んだ教室へ入り、クラス会となった。粗末な木造の教室であったが、私たちの思い出のこもる所だ。酒を飲もうという者は誰もいなかった。女性数人の訪問着姿が教室に色を添えた。

現在と比べて派手さは全くなく、おそらく式典の酒代は当時の旧担任のポケットマネーだったと想像する。私はそのときのことをいまだに忘れない。（二〇一一年一月一〇日）

金沢に越して春の喜び一層【テーマ特集「春の予感」】

私はかつて名古屋にいた。だから冬から春への変化といわれてもぴんとこなかった。しかし金沢へ来てからは冬と春の違いに驚いた。

まず冬の雪。除雪作業。洗濯物が乾かない。滑って転ぶ。除雪車が庭の造作物を派手に破壊した。町会に弁償の交渉。いやな思いをした。だからいつも冬は悪夢を見ているようだった。

これから春に近づくと、雪が減ってくる。生け垣越しに隣のネコヤナギの若芽も出てくる。ネコのしっぽを思わせる若芽は春の手触りだ。雪の間のぎすぎすした精神状態から解放され、「春ってこんなにすばらしい」と感じられるのも、もうすぐだ。

（二〇一一年一月三一日）

施設で新年会　職員の気配り

ある老人施設主催の新年会の誘いがきた。足が定まらず、ふらふらしているから、迷惑をかけると辞退した。しかし「そのためにスタッフがいる。安心して参加を」と言われ、意を決した。

私は車いすで会場の席へ。目を閉じると女性スタッフが飛んできて「どこか具合悪いの？」の声。ちゃんと催し物を見ているときも「大丈夫？」と何度も言われた。

約五時間、彼らは会場の隅に立ち、いつでも出動の態勢だ。彼らの仕事はそれで終わりではない。参加者を、自宅まで安全に送り届けなければならない。

彼らの給料は安いと聞く。だからスタッフは二十〜三十代。四十歳を過ぎると体力の限界と家庭を守るために辞めてしまうらしい。経験者の減少を防ぐ対策として、とりあえず給与面だけでも考えられないのか⁉

（二〇一一年二月一八日）

ガソリン含有有機物も一因【テーマ特集「花粉症」】

花粉症は、花粉だけでは絶対に起こらない。

ガソリンにピレンという有機化合物が含まれ、これはエンジンの中ではほとんど燃えず排出ガスの一成分として放出される。これが花粉と混ざり、それを吸い込むと初めて花粉症の症状が起こる。

だから、江戸時代には花粉症はなかった。花粉症の患者を農村に連れて行くと、杉林があるにもかかわらず、車が少ないから発作が治まる。花粉をたくさん吸い込んだと思ったら、車の走る道路に近づかないことだ。また、ガソリンからピレンを取り除くことは困難のようだ。

花粉症は、文明病の一つだ。電気自動車の普及により、ガソリン自動車が減少するのを待つしかない。

（二〇一一年二月）

短期ケア施設もっと必要だ

現在金沢市内には高齢者のケアをする施設が大小合わせて百軒以上あるという。

これは老人ホームではなく、老人が楽しく一日を過ごし、夕方には帰宅するというものだ。そこではマッサージ、電気治療、軽いランニング、折り紙など、実にたくさんのことをしている。高齢者の退屈を癒やし、鼓舞して認知症の進行を抑え、時には老夫婦だけの家族に刺激を与えるなど、その役割は大きい。十年ほど前に介護保険制度が導入され、増えた施設だ。

利用するには実費の一割を負担するだけ。スタッフは若い人が多く、神経や体力に負担のかかる割には給与が少ないと聞く。
高齢者の数がどんどん増えることは明らかだ。国や地方自治体はこのことをふまえ、国公立の施設をつくり、給与の安定をはかるべきだ。百軒がすべて民営というのは心細い。

（二〇一一年三月一一日）

突然襲った病【モーニングサロン】

転んで足の小骨の骨折。それを支えようとして腰痛が始まり、腰痛が治まった途端にパソコンの画面が見えなくなった。画面が見えないのは、首が少し下向きに曲がり、水平線から上が見えなくなったからだ。頭自体がふらふらし、危なくてひげがそれない。同時に足腰もふらつきだした。

病院の何科へ行くのか分からない。ともかく整形外科、心療内科、精神科と回ったが、原因不明と診断された。

家の中では歩行器、外では車いす、そしてつえの生活が始まった。腰は曲がり、視野は下だけ。前方から来る車が見えない。危険なので外出禁止。家事はホームヘルパーに依頼した。

その後、ある医師を知った。その医師は問診を二時間以上続け、出た結論は「クスリの副作用」だった。私は数年前にパーキンソン病と診断され、三種類の薬を服用していたが、そのうちの一つが疑われた。この薬を少しずつ減らしていったところ、効果がはっきり表れ、視野が広がり、動きが楽になってきた。医師によれば、私の症状は年に一、二例しかない。極め付きの奇病ということだが、治ると聞いて安心した。

（二〇一一年三月二四日）

定年退職後も気分せわしい【テーマ特集「新年度スタート」】

また新年度がやってきた。あらゆる分野の職種が多忙になる。年度替わりというのは実に面倒なものだが、区切りをつけるということで仕方がない。

大学もその例外ではなく、年度末、年度初めは仕事の大きなヤマ場であった。入学試験、学会、四年生の卒業、そして新一年生の入学と、私自身、目の回るような忙しさを経験してきた。

時にはもう少し仕事を分散できないものかと考えたが、私一人だけが考えてもどうにもならない。年度末に定年退職し、やれやれと思った。

今は無職だから関係ないはず。しかし四十年以上も勤めた習慣というのはどうしようもない。何もしていないが、目だけは回る。回っているうちが花かもしれない。

（二〇一一年四月五日）

アメリカでは静かなお花見【テーマ特集「桜」】

桜のシーズンがやってきた。米国ではワシントン・ポトマック河畔の桜並木が有名だ。これは一九一一年、当時東京市長だった尾崎行雄が苗を送ってでき上がった。以来アメリカでも花見が行われるようになった。

ただし日本のような「どんちゃん騒ぎ」はない。どちらが正しい花見かは考えないことにして、米国の花見の歴史は浅い。ところが米国にも古い話がある。初代大統領のジョージ・ワシントンが子ども時代、父が植えた桜の苗を切り倒してしまった。彼はそのことを正直に父に言って謝ったという。このことは正直の見本として取り上げられ、ワシントンの立派さが強調された。

実はこの話、ワシントンの伝記を書いた作家が、何のエピソードもないのはつまらないと考え、伝記に付け加えたフィクションだ。フィクションが独り歩きしてしまった。

（二〇一一年四月一二日）

食卓にチラシ　拭う手間なし【テーマ特集「私のエコ活動」】

リモコンを使う電化製品は、使用していないときもわずかな電流が流れており、これが案外電気を食う。最近よく知られるようになった。それでも便利さに負けてついついリモコンに手が伸びる。老人はスイッチまで歩けばそれだけでも運動になる。リモコンの電池もいらない。

もうひとつ、わが家独特のこんなエコはいかが？　私も家族も食事の際は食卓の上に広告のチラシを二、三枚敷き、その上に食器を置く。万一食器がぬれても食べ物を落としても、食後にチラシごとごみ箱へ。食卓を拭いたり、その布巾を水洗いする手間は不要だ。

年を取ると食卓を拭くのもきつくなり、食卓や椅子の脚に自分の足をぶつけて転倒することもあり得る。安全と楽を得るのも大きなエコといえるだろう。

（二〇一一年四月一九日）

景気悪化なら自粛は無意味【テーマ特集「イベント自粛」】

東日本大震災で被害を受けられた人たちに心よりお見舞い申し上げる。しかし、そのために日本全国のイベントが自粛の名の下に開催を中止することは、かえって日本の経済活動を低下させ、極端な場合は不景気という困った現象を引き起こす。これはあちこちのマスコミが既に問題視している。

今回の場合、被害があまりにも甚大だ。このため、自粛ムードが大きくなってしまうのはやむを得ないかもしれない。しかし、世界の経済は常に動いており、何が起きようとも止まることはない。日本もその流れに乗っていることは確かだ。

自粛のしすぎで景気が悪くなり、そのために被害者の救済活動も滞るようになったら、何のための自粛かと考えざるを得ない。

（二〇一一年四月二六日）

最後の気遣い【くらしの作文】

四月上旬の早朝、妻は六十八歳の生涯を終えた。私が病院に駆け付けたときは、死後四分経過していた。先に来ていた娘が背後から私につぶやくように言った。「手を握ってあげて」。まだ温かみが残っていた。

二年ほど前になろうか、妻は時々息苦しくなると訴えていた。呼吸器の専門医は間質性肺炎と診断し、入院を勧めた。私には初耳だったが、妻は「あら、美空ひばりと同じ病気だわ」と、あっけらかんとしていた。この病気は肺が酸素を受け付けなくなり、完治法はない。原因はたばこの吸いすぎだった。

私たちは大阪万博の年に名古屋で結婚した。二年後、私の転勤で金沢へ。冬の天候の悪さには驚いた。このころ長女が生まれたが、おしめが乾かないのには閉口した。ストレスのため、私は酒、妻はたばこに走った。よくけんかしたが、妻は二人の娘を立派に育て、私の健康状態にも常に注意を払ってくれた。

妻の最後の気遣いは、私を二週間のショートステイに入れたことだろう。妻の入院中、一人暮らしとなる私のために、正しい食生活と節酒を考えてくれたのだ。そして、私の帰宅の翌朝、彼女は逝ってしまった。

（二〇一一年五月一五日）

（補足）

妻は二〇一一年四月一〇日、病気で死去した。六十八歳だった。

無言電話防止　対策を急いで

うとうとしかけたころに電話が鳴った。床から出て受話器を取って、こちらから返事をしたところ、電話は切れた。いつもの無言電話だ。このような電話は最近多い。たいてい「非通知」だ。携帯にはかかってこない。料金が高いからだ。

ＮＴＴなどに問い合わせれば分かるであろうが、ばかばかしいからしない。仮に問い合わせても教えてくれないだろう。送信者の秘密は徹底的に守られる。では受信者の方は眠りを妨げられても泣き寝入りか。これではかなわない。

受信電話のある番号か記号を押せば、送信者が電話を切ろうと切るまいと猛烈な音が鳴り、送信者がへきえきするような装置はできないものか。さらに、音が鳴りだしたら料金が急上昇するというのもいい。対策をぜひお願いしたい。　（二〇一一年五月二一日）

魚の骨食べて20代並み維持【テーマ特集「私の歯の健康法」】

歯科医師が、私の歯の良さは二十代並みと褒めてくれた。しかし、奥歯が三本入れ歯だ。

その歯科医師は何で入れ歯になったのか信じられないともいった。歯の善しあしは現在の手入れももちろん大事だが、今までどんな食生活を続けてきたかも大事のようだ。

年とともに歯も変化する。私は物心ついたころからおやつに煮干しを食べ、サンマは骨まで食べた。今も続いている。急にサンマを食べても、歯は丈夫にならないが、長く継続できれば何らかの効果があるであろう。子どもや孫たちは育ち盛りであれば大いに期待できる。

（二〇一一年五月三〇日）

（補足）
10年後の私、半分が入れ歯になった。何が20代だ。

あの道再び【モーニングサロン】

ケアマネジャーから「足腰が弱っている」と言われた。そういえば最近歩いていない。足腰を鍛えるためのデイケアへ通い始めたが、これだけでは足りない。自力で歩くことも心がけなければならない。

そんなとき、若いころよく歩いた奈良市の柳生街道を思い出した。

奈良駅から街道の基点までバスで行き、歩き始める。市街地を抜けるのはすぐだ。やがて道はうっそうと茂る木々に囲まれる。道は整備され、歩きやすい。途中でいくつかの石仏に出会う。木々に隠れて見えない石仏を探すのも一興だ。

一時間ほどで薄暗い森がぱっと切れ、急に道が明るくなり一瞬戸惑うが、目前に湖が見え、その美しさにしばし疲れを忘れる。この湖の美しさにひかれて、私は何度行ったことか。春の若葉、秋の紅葉のすばらしさも忘れられない。街道はまだまだ続くが、この湖を見れば私はもう満足だ。そして来た道を戻る。

元気なうちにもう一度歩きたい。何とか訓練を重ねて頑張ろう。(二〇一一年六月二日)

可燃ごみ袋にポリは不適当 【テーマ特集「世界環境デー」】

地球の環境を保護しようという声が聞こえて久しい。しかし、現状ではかけ声だけでその作業は進んでいない。卑近な一例が可燃ごみの出し方である。袋に入れて出すのは分かるが、どんな袋に入れるのか。紙袋かポリエチレンの袋か。

しかし、住民の多くはスーパーなどで商品を買い、それを入れた袋を、ごみ袋として再利用している。こういった袋の多くは燃やすという前提にたつと、あまり適当とはいえない。

結局どんな袋を使うかは各自治体の判断に任されており、統一はとれていない。日本全体の統一は今の段階では無理だろう。ましてや地球全体となると不可能に近い。大事なことだが、環境保護の進行にはまだまだ困難が伴うであろう。

（二〇一一年六月六日）

〈補足〉

10年近く前にこのような記述をしている。現在のポリ袋有料化などを予言するようなことを書いている。先見の明があったとうそぶく。いや、暇を持て余していたんでしょう。

妻の「遺産」【モーニングサロン】

妻が死去して二カ月たった。家の中は私一人だ。マンションのことゆえ隣人らとの交流は少ない。孤独死の恐れもありうる。週二回あるデイケア。これは午前中に終わるが、夕方には夕飯の配達がある。デイケアのない日はホームヘルパーが来る。日曜は娘たちがやってくる。

というわけで、私が家の中で転んで動けなくなっても、遅くとも二十四時間以内には誰かが見つけてくれるようになっている。

娘たちからは「常に携帯を首からぶら下げるように！」と言われている。絶えず人の目があるということは煩わしいという考え方もあるが、自分の命が人さまのご厚意によって保たれていると思うと、ありがたいことである。

しかもこれらの対策を考えてくれたのが、死ぬ直前まで意識のしっかりしていた妻であったことを彼女の日記から知り、今は、よき夫であったかどうかを反省しつつ、彼女の冥福を祈るしかない。

（二〇一一年六月一二日）

贈り物止まり　安どと寂しさ【テーマ特集「父の日」】

突然娘が何かの包みを私に手渡した。「何だこれ？」と尋ねた。そばで妻が「お父さん、いやーね。今日は父の日でしょ」と一言。私の「あ、そうか」に、妻は「ありがとうは⁉」だ。慌てて「ありがとう」と言った。やれやれ……。

そういえば、独身時代にはこんなことをしなかった。完全に妻に操られたようだ。それ以来娘のプレゼントは長く続いた。しかし、お返しが大変だった。子どもは若者、中年と成長していく。この成長に私の古い頭はついていけない。

時々とぎれることはあったが、娘のプレゼントは続いた。「ええい、しょうがない」と近くの一流の店の銘菓を送った。珍しく電話がかかってきた。娘もその菓子店を知っていた。びっくりしたのか、その後、プレゼントは止まった。ほっとしたような、寂しいような気持ちだ。

（二〇一一年六月二〇日）

酒を飲んでも正常な肝機能

私は酒は飲むがたばこは吸わない。その理由は幼児のころ、おもしろ半分にたばこを吸った際に猛烈にむせて「何だい、これ、こんなもののどこがいいのか」と思ったからだ。子ども時代のそういう記憶は生涯を支配する。

それに対して、酒を初めて飲んだのは成人になってからだ。酒では家族らに心配と迷惑をかけた。

「いったいどれほど飲むのか」との問いに答えたら、医師が仰天した。しかし、肝機能はほぼ正常値だった。そんなはずはない。医師の皮肉かと思ったら、本当にその通りと聞いて、今度は私が仰天した。

（二〇一一年六月二九日）

湿気多い北陸　冬に比べれば【テーマ特集「梅雨」】

梅雨といえば北海道を除く全国で雨が降りやすく、湿度が高い嫌な季節とされる。しかし、冬の北陸の荒天、高湿度と比べれば楽なものではないか。雨が二、三日続いた後、太陽が顔を出す。

こんな調子で適当に降って晴れるの繰り返しで、雨量が多少は多いもののそんなに問題になることはない。もちろん、時には激しい降雨となり土砂崩れも起きるが、雪国の雪崩に比べれば大したことはない。期間はせいぜい一カ月だ。

梅雨の終わりはしばしば雷が鳴る。冬の雷に慣れている北陸人は平気である。ただ雪の季節に比べて、食品が腐敗しやすいことだけは用心した方がよい。もっともこれは、梅雨明け後の七、八月も一緒であるが……。

（二〇一一年七月五日）

時報の放送をぜひ復活して【テーマ特集「地デジ化」】

わが家は四、五年前にデジタル、アナログ両方が受信できるテレビを、一年ほどの間隔で二台買った。同じ放送を一方をアナログ、他方をデジタルで見たところ、デジタルの方がアナログよりも一秒ほど時間が遅れることが分かった。

それで各社は時報の放送をやめてしまったようだ。デジタル一本になれば、また時報が放送されるのだろうか。時報の放送だけはNHKをはじめ、各社にお願いしたい。

ところで、アナログしか受信できないテレビが市中にはまだたくさんあるという。どうなることか気になる。数日前に本紙に地デジの電波障害の記事が出た。このような問題が起こらないことも期待したい。

（二〇一一年七月一三日）

殺人に使われ　研究者苦しみ　【テーマ特集「原爆」】

その昔、ドイツに核物理学の研究をする二人の学者がいた。彼らは原子核の分裂によりおびただしいエネルギーが放出されることを知った。しかし、二人は、ユダヤ系ということで米国へ亡命した。

米国は二人の研究に注目し、核分裂が生み出す膨大なエネルギーを原爆として、広島、長崎に投下したのだ。九日は小倉（福岡県）の予定だったが、視界不良のため長崎に変更された。米国の手持ちの原爆はこの二発だけであった。

三発目を急いでつくり東京へ投下という案もあったという。二人は自分の研究がもとで多数の人が死ぬ状況をつぶさに見て、自分たちの研究が殺人に利用されたことにひどく苦しんだという。

（二〇一一年八月一日）

（補足）

ここでいう二人の物理学者とはドイツのオットー・ハーンと女性のリーゼ・マイトナーである。この原稿を書いた時点で、私は核反応の研究者がたくさんいたことを知っていたが、不覚にもこの二人の名前しか思い出せなかった。他にも何人かおり、ドイツを中心にこの研究が行われた。しかし、ナチスに追われて多くがアメリカへ亡命し、その地で原爆を完成させた。また、マイトナーはスウェーデンへ亡命した。もしもヒットラーが、ユダヤ人に迫害を加えなければ、原爆はドイツで完成したであろう。そうすると歴史は全く変わったものになったと想像される。

楽しいお酒に水差さないで

私は学生時代、ほとんど酒が飲めなかった。ほかの連中は酔っぱらって、わいわいと訳の分からない会話を楽しんでいる。しらふの私は暇だ。目の前にはビールの空き瓶数本が転がっている。

そこでちょっとしたいたずら心を起こし、空き瓶に水道の水を入れて、栓をし、連中のそばに置いた。やがて彼らは水入りのビール瓶を栓抜きで開けて、お互いにコップにつぎ始めた。でも泡は出ない。そこで初めて「何だ、これは水……」と気づいた。してやったりと、にんまりだった。

その後数十年。私はすっかり酒に強くなっていた。ある日、近所から夫婦そろって招待を受けた。相当酔いが回ったころ、妻がとっくりを手に「さあパパさん、杯を空にして」とついでくれた。杯に口をつけたところ、何か変だ。「何だこれ、水じゃないか」と叫んだ。妻は「酔っていても酒と水の違いは分かるのね」と言った。

因果応報。江戸の敵を長崎でとられたような気がした。

（二〇一一年八月一二日）

満州の脱出行　耳に残る悲鳴

ソ連軍が満州（中国東北部）に攻め込んだ。日本人は関東軍がいるからと、防空壕《ごう》を掘ったりなどし、とどまる考えだった。

関東軍とは事実上満州を支配していた日本の軍隊。しかし、主力を南方戦線に取られ、満州からさっさと〝集団脱走〟してしまった。後には一般の日本人が残された。日本人はソ連兵や中国人に追われて南の方へ逃げた。それも貨物列車に乗せられて。貨物列車にはいすもトイレも明かりもない。排せつをどうしていたのだろう。私はそのころ四、五歳だった。

列車が止まるたびにソ連兵らが車両に進入し、女性にちょっかいを出した。私はその時の女性の悲鳴をいまだに記憶している。「ソ連の参戦は日露戦争の報復だった」と、ヤルタ会談でスターリンの通訳を務めた女性が後に告白している。（二〇一一年八月一九日）

伊勢湾台風は油断で大惨事【テーマ特集「防災の日」】

私は若いころ名古屋に住んでいた。名古屋は台風のよく通るところで、幼いころの恐怖を思い出す。台風に対して神経質になっていた親は家の新築の際、まず土地に盛り土をした。そして柱の間にやたらに筋交いを入れた。おかげで、その後やって来た台風に対してはびくともしなかった。浸水もなかった。

しかし、伊勢湾台風ではわが家もわずかに床下浸水し、壁の一部が落下した。近所の家屋の多くが倒れた。

金沢は台風の少ない所。台風接近情報が出ても、大抵弱まるかそれてしまう。私は食料の買い出しに走るが、人々はそんなに危機感を持っていない。

しかし、伊勢湾台風が来るまで、名古屋の人々も油断していた。そのために四千人を超える死者が出たのだ。

（二〇一一年八月二九日）

金沢に地下鉄導入で車減る

間もなく北陸新幹線が開通する。金沢駅に下車した観光客は最初は兼六園を訪れるのが普通だ。しかし、どのバスに乗ればよいのか分からないだろう。兼六園下を通るバスがあまりにも多く、駅前の発車場所もたくさんあるので旅行者はかえって迷ってしまう。

そこで長期的な計画として兼六園下まで地下鉄を敷設できないだろうか。金沢駅－武蔵ケ辻－香林坊－兼六園下なら、武蔵ケ辻－香林坊間の渋滞も避けられる。

また一般住民も利用し、バスとタイアップし乗り継ぎの場合は割引などすれば、車の数も減少するかもしれない。

車はじゃんじゃん生産されるが道路ができないでは、金沢市内の交通はどこかでパンクする。多くの他都市が地下鉄を敷設するのはそれなりの理由があるのだ。

（二〇一一年九月二日）

ショートステイ【モーニングサロン】

家族全員が法事などで出かけるとき、動けない高齢者を同行させるのは大変だ。そこで老人を一時的に預かる施設がある。それがショートステイだ。私の場合、一人暮らしで栄養に偏りがあるとか、深酒をするなどでケアマネジャーに勧められた。

自宅にいるときは毎日一時間ホームヘルパーが様子を見に来る。東京在住の二人の娘が独居老人として心配してくれるので、私も二人の指示に従う。

ショートステイ施設では三食とおやつの時以外はどこで何をしていてもいい。といっても、自分の個室と食堂以外は行くところはない。食堂ではそろって食事をするが、会話は少ない。多くの人は耳が遠くて会話にならないのだ。

寝たきりの人にはスタッフがベッドから車椅子に乗せて食堂につれて行き、スプーンで食べ物を口に入れる。その時スタッフは決して怒らない。スタッフは利用者の誰に対しても親切だ。部屋さえ空いておれば、誰でも介護保険を利用して入ることができる。

（二〇一一年九月一〇日）

短期ステイで教訓聞き取る【テーマ特集「敬老」】

私は時々ショートステイに行く。ここでは、私は〝若造〟だ。ここの先輩たちは過去の貴重な記憶を持っているはずだ。これをうまく引き出せないか。高齢者の記憶に残っているさまざまの思い出、事件、人々とのつながりなどには、若い世代には分からない多くの情報があると思う。

私もそういうことが知りたくて、それとなく老人たちに話しかけたが、耳が遠い人、軍隊時代の思い出話を始めると、止まらない人……。

求める情報をうまく聞き出すには、高齢者に対する親しみと敬いの気持ちが必要だと、つくづく感じた。

（二〇一一年九月一九日）

ＪＴの将来に不安を感じる

分煙運動が功を奏し、乗り物や会合など人の集まる場所での喫煙は全くなくなった。葉タバコ生産農家の四割が生産をやめる意向を示したことが、日本たばこ産業（ＪＴ）の調査で分かったと、十七日付本紙にある。

単純に考えればたばこの生産も四割減るということになる。するとＪＴの余剰になる従業員の生活はどうなるのか。私は以前、本欄にかみたばこを生産してはどうかと提案した。しかし、その動きはない。

ＪＴは、旧専売公社時代の気分が抜け切れず、新しいことを始めるのがおっくうだということはないだろうか。このままではＪＴの将来が不安だ。

（二〇一一年九月二五日）

隣国の文化に触れてほしい

韓国ドラマがテレビで評判だ。隣国の情報が入るのはよいことだ。中国の作品はどうだろうか。

私の学生時代は東洋の文化は一切なかった。例えば高校の音楽ではヨーロッパのクラシックばかり。

日本の歌は黒田節だけが記憶に残る。それもクラシックに編曲されていた。

だから私たちの世代は妙に西洋化された文化という面でいびつに育った。ベートーベンはよく知っているが、謡曲、清元など、日本の音楽は全く分からない。

現代ではその動きを反省するかのように日本の文化が大いに取り入れられ、音楽にも日本を含む東アジアのものが取り上げられているのは結構なことだ。

遅かった気がするけれども、この状態が続き、近隣諸国との友好が発展すればいい。

（二〇一一年一〇月八日）

ガスライター捨て方難しい

読者の皆さんは使い終わったガスライターをどのように処分されているのだろうか。私の区域では、資源ごみとしての回収だが、そうでない所もあると聞く。回収されない場合は、不燃物のごみにそっと隠して？　それはいけない。

その場合は、発火と燃焼が起きる金属でできた部分をペンチで挟み、液体燃料（主にブタン）が入ったプラスチック部分を手でひねれば簡単にはずれる。そして金属とプラスチックに分けて所定の回収日に出せばよい。マッチという便利なものが斜陽化したために、考えなければならないことがまた増えたようだ。

（二〇一一年一〇月一六日）

若き日読んだ名作心離れぬ

私が学生時代に読んで、いまだに忘れられない名作といえば、テオドル・シュトルムの「みずうみ」だ。

シュトルムはドイツの短編作家で、日本ではあまり知られていない。だが「みずうみ」だけは有名で、出版各社が多くの翻訳文庫本を出している。私は全部とはいわないが、かなりの訳本を読み比べた。そして主人公らの性格が、訳者によってずいぶん異なって表現されることも知った。

「みずうみ」は一時間ほどで読める中編だ。悲恋物語だが、涙が出てくるほど深刻なものではない。近くの湖の情景を織り交ぜて、詩のようにつづる文章の美しさに、私はすっかり魅せられた。それ以来、その美しさを求めてシュトルムのほかの作品を読みあさった。

若いころの私の心を揺さぶった「みずうみ」は、これからさらに老いても心から離れないであろう。

（二〇一一年一〇月二一日）

若者への評価　自分を省みて

老人はしばしば「今どきの若い者は……。昔は……だった」といって若者をばかにし、侮辱する。私も、現代の若者の言動が私たちの若いころとは大きく違っていることは認め、その内容に驚く。

だからといって若者が駄目だとは思わない。現在の老人も昔は若かったはず。若かったころ、当時の老人が「立派だ、文句なし」と思っただろうか。

人間は年齢とともに成長する。成長途中の若者が年寄りと同じことが分かるわけがない。「今どきの若い者は……」と思ったら、自分の若いころを思い出すことだ。当然違いがあるはずだから「自分はどうだったか」を考え、時代の進行を認識すべきだ。

この認識も文化、文明の発展に大いに寄与すると思う。　（二〇一一年一一月一〇日）

十の読みなど変化する言葉

「十本」や「十個」などの「十」は何と読むか？

正解は「じっ」だ。しかし、多くの若者は「じゅっ」と読む。入社試験などのふりがなを付ける問題で「じゅっ」と書くと多分「×」で不正解になる。

外国人対象の日本語学校の教科書に「じゅっ」という読み方があった。担当者に指摘すると「現在の多くの人の実際の読み方に従った」との回答だった。

言葉は揺れ動くという原則は理論を超越している。「立法」などの「立」はまだ「りゅっ」になっていない。言葉は微妙に変化し、その積み重ねがその時点における現代語になる。若者の言葉にある微妙な変化を、探してみるのもおもしろい。

（二〇一一年一一月一九日）

クラス会【くらしの作文】

中学三年時のクラス会の案内が来た。しかし、会場は名古屋だ。私は足が悪い。迷ったが、幹事が列車を指定して名古屋駅のホームで待つというので、決心した。自宅から金沢駅の改札口までは顔なじみのホームヘルパーの助けを借りた。改札口に入ると、駅員が身体障害者のために無料で車いすに乗せてくれる。

出席者は二十人弱。当時の担任もお元気で出席された。八十三歳とのこと。酔わないうちに出席者が現況報告をした。男性の顔はほぼ見当が付いたが、女性には思い出せない人がいる。名前を聞いてああ、あの子か。当時優秀だったあの女の子がいない。どうしているか聞いたら、四十歳ころプールで溺死したという。私は驚いたが、みんなはすでに知っていたようだ。あれだけ頭が良かったのに。人生のむなしさを感じる。

酒が回るにつれて、にぎやかになる。飲んで、カラオケをし、会は楽しく進んだ。日が暮れてから私は列車の都合で退席することにした。誰もが私の足の具合を心配してくれた。とてもうれしかった。「来年も行うからきっと来いよ」「もちろん」

名古屋駅のホームで日本酒の小さな瓶とつまみを差し入れてくれた。

（二〇一一年一二月四日）

漫遊は拡大解釈【テーマ特集「水戸黄門」・モーニングサロン】

人気テレビ番組の一つ、「水戸黄門」が間もなく終了する。水戸黄門は私が子どものころから映画で何度も見た。しかし、実際には諸国漫遊などしておらず、水戸と江戸の間を行き来したほか、鎌倉方面に一度行っているだけだ。「先の副将軍……」といわれるほどの重大な人物に諸国漫遊など幕府が認めるはずがない。

ただ、黄門様は水戸藩内を頻繁に視察していた。この視察が拡大解釈されて諸国漫遊につながったのだろう。諸国漫遊記が書かれたのは明治から大正のことで、著者は不明だ。黄門様は江戸で大日本史の編さん、文化財の保護、古墳の発掘など、歴史学者として活躍した。そして一七〇〇年、満七十一歳で生涯を閉じた。

それにしても、黄門様ご一行の服装はいつも一緒。一般に侍はいつも紋付きに帯刀だ。真夏をどう過ごしていたのだろうか。時代劇の撮影は季節に関係なく行われる。真夏の撮影は雑音を消すため冷房はない。俳優の一人が、暑くてたまらんとぼやいていた。

（二〇一一年一二月五日）

靴下の記憶が 今も胸に残る【テーマ特集「クリスマス」】

小学低学年のころ、私はサンタが実在すると信じていた。枕元に靴下を置いて寝た。暗いうちに目が覚め、希望通りゴムまりと漫画の本が置いてあった。「やったー」と大喜び。しかし、靴下の記憶はそれだけだった。

毎年この日は冬休みの初日で、親戚の家に遊びに行くなどで、靴下のチャンスを忘れてしまった。ただ、靴下は子どもに夢を与えるもので、私にとってもよき思い出だ。

クリスマスは本来北欧では冬至の祭りで、キリスト教とは無関係だった。人々は多くのろうそくに灯をともし光を求めた。詳しいいきさつを私は知らないが、おそらく長い歴史があると思う。

（二〇一一年一二月一九日）

二〇一一年

ハーモニカを必ずマスター【テーマ特集「今年の目標」】

私は最近ハーモニカの練習を始めた。中学から高校時代にかけて相当やり、半音を出すために二本のハーモニカを両手に持ち、かなり難しい曲もこなしたものだ。

しかし、大学受験のため、いったん休止。大学が決まったら再開するはずだったが、休止はそのまま続き、五十年もたった。受験勉強も大切だが、少しの時間でいいから継続しておくべきだった。

新年の目標として始めたが、全く吹けない。古い友達に一年でマスターすると約束した以上、何としてでもやってみせる。ハーモニカはおもちゃのイメージがあるが、使いこなせば立派な楽器だ。ケアマネジャーも「呼吸の刺激になってとてもよいことだからぜひ続けなさい」と言ってくれた。


（二〇一一年一月一日）

ヘルパー【くらしの作文】

私は男やもめ。洗濯、買い物などは何とか自分でこなしている。しかし、掃除、棚の整理などは手に負えず、介護保険を利用してホームヘルパーに依頼する。一日一時間で週五回。毎回顔触れが違う。

今日は○○さんが来る。彼女は棚の整理が早くてうまい。「これどうしますか」。古文書のような古い書類が出てくると「捨ててください」と言う。よく片付く。

明日は△△さんの番だ。彼女は華道の何かの免許を持つ。では妻の祭壇の花の処理を頼もう。

私のベッドの下敷きがずれていた。重くて私には直せない。直せるか聞いたら「大丈夫」。そしてセミダブルのベッドを持ち上げ、簡単に直した。最後にほほ笑んで「良い子はまねをしない」と言ったのには笑った。

ヘルパーの多くは力持ち。何か訓練しているのか聞いてみた。すると、笑いながら「そういうことは気にしない」。

長くお付き合いしていると、彼女たちの考え方や、家事の仕方も分かる。特に私の食べ物に偏りがあると、その指摘もする。私も教えられることが多い。

（二〇一二年一月一〇日）

忘れられゆく行事や約束事【テーマ特集「節分」】

昔、節分では「鬼は外、福は内」と叫びながら大豆をまいた。これには「福は内」を先に言ってはいけないという。鬼が退散して空いたところに福が入るようにするためだ。

しかし現在は、少なくとも家の中から外へ投げることはしない。外はたいてい道路だ。通行人に当たってけがをするようなことはないが、当てられた人はたぶん怒るだろう。道路は舗装されており、大豆がコロコロしていては見栄えが悪い。

こういった行事や約束事はいつの間にか忘れられてゆく。節分に限らず、昔からのいろいろな行事が私たちの生活から離れてゆく。これは私たち自身が便利さを求めるあまりに生じた現象だと思う。

（二〇一二年一月三一日）

生存が可能な温度範囲狭い

温度とは何か。それは物質を構成する原子、分子の運動。この運動が激しくなるほど、温度が上がる。運動はいくらでも激しくなり得るから、高温は途方もなく大きくなる。

原子、分子の運動が完全に停止したら、それは物質が生みだす最低温度。これより低い温度は地球も含めた宇宙空間には存在しない。これは零下二七三・一五度だ。これを零度として記述する温度を絶対温度といい、ケルビン（K）という単位で表す。

金沢の夏は二七度（三〇〇K）で、冬は零度（二七三K）くらいか。絶対温度で比較すれば、夏と冬の温度差は大したことはない。冬は寒いといっても、夏と比べてわずか三〇Kの違いである。

生き物が生存を許される地球上の温度はK単位では極めて狭い範囲に限られる。温度を扱う研究分野では、摂氏よりもKのほうがはるかに使いやすいとされる。

（二〇一一年一月五日）

家庭的環境の老人施設体験

老人のための施設が次々とでき、私のような〝男やもめ〟にとってありがたいことである。今までは大規模な施設の個室に出入りしていたが、先日初めて家庭的な環境をうたった普通の家に世話になった。

そこは個人の家ではなく、老人の世話をしようと集まった看護師、介護士ら有志が、民家を改造して設置。私が宿泊利用の第一号となった。

職員数人の中に高齢者は私一人。皆が私の世話をしてくれる。中でも肩もみ、手足のマッサージは気持ちよかった。そのほか、横たわっている状態から安全に立ち上がる方法など、いろいろなことを教わった。また帰る日には、鍋料理を出してくれた。

私もそれなりに気を使って疲れたが、もう一度行きたいと思う。施設で世話をする人たちにとっても、宿泊利用者に対する試行錯誤という点で、私が多少は役立ったとすれば幸いだ。

（二〇一二年四月一六日）

ＮＨＫの請求　理解できない

ＮＨＫが衛星放送（ＢＳ）の調査に回っている。ＢＳを入れてみたら、画面の大半が黒く隠されていた。人に聞いたらそこにＢＳの申し込み方法が記されているのだそうだ。私は読めなかった。

ＢＳの料金を請求するなら、ＷＯＷＯＷなど民間放送のように、契約しなければ見聞きできないようにすれば、人件費もかからず、うんと安上がりになるのではないか。

ＮＨＫは昔の半官半民の気持ちが抜けていないようだ。失業対策のためかもしれないが、あえて人を各戸に派遣するなんて時代遅れも甚だしい。しかもこの人が来るのがいつも午後八時ごろだ。こんな遅い時間に来られては困る。ＮＨＫが見ようと見まいと料金を取るというのは理解できない。

（二〇一二年四月二〇日）

まだ動ける【モーニングサロン】

私は栄養と節酒のためにあちこちのショートステイを回り歩いている。ショートステイとは、老人の短期間の滞在施設で、介護保険が適用される。子どもたちやケアマネジャーが、私の一人暮らしを心配して手続きをしてくれる。大きいのは二十～三十人収容、小規模は五、六人だ。

こういう施設にいれば、健康が保たれ、万一の場合にも病院と連絡がつく。利用者の何人かは食事その他の行動にスタッフの介護を必要とし、車いす利用者も多い。これを見て私もいずれこうなるのかと思うと、情けなくなることがある。

しかし、元気で動けるうちにできるだけのことをしたい。そういう私も厚生労働省指定の難病にかかり、安全のために時々車いすに乗せてもらうが、まだ動ける。やり残しは多いが、とても全部はできないだろう。欲張らず思いついたことだけでいいから、少しずつやっていくしかない。

そしていずれ訪れる死に対し「私はこんな生き方をしてきた」と言えるようにしておきたい。

（二〇一二年五月一一日）

あれから40年　空港に咲く花【テーマ特集「好きな草花」】

タンポポの咲く季節がまた訪れた。このころになると、私は、妻との新婚旅行を思い出す。私たちは北海道へ行った。飛行機が着陸態勢に入ると、黄色のじゅうたんが接近してきた。

じゅうたんと思ったのは滑走路の両端の土手に無数に咲くタンポポだった。私たちを迎え、祝うように咲く花の群落に、飛行機は突入するように入っていった。飛行機のスピードのせいで、窓から見える花の群れは忙しく駆け去った。着陸後、飛行機が止まってタンポポの動きも止まった。私たちは思わず歓喜したものだ。

そのころはプロペラ機が主流で、羽田から三時間以上かかったと記憶している。もう一度行ってみたいと思いつつ、あれから四十年の年月が過ぎ、妻も鬼籍に入った。まだタンポポの群落はあるだろうか。

（二〇一二年五月一六日）

子どもの教育　慎重さが必要

私は子どものころ、夜空に出る星は雨が降ってくるための穴と記憶していた。誰から教えられたか分からないが、誰かの仕業であることは確かだ。子どもが自己判断できるわけがない。

子どものころに得た情報は内容によってはその知識、感情などを一生支配することがある。だから小さい子どもを持つ親は子どもに変なことを言わないことだ。

同じことは学校の先生にも言える。何かを教えるときは相当の確信を持たねばならない。この傾向は教えられる方が若いほど大きい。だから特に小学校の先生は注意が必要だ。

私も長く大学の教師をやってきた。学生に誤ったことを教えたことはなかっただろうか。幸い大学生は批判の能力が育っている。間違ったことがあれば、この能力に頼るほかない。

（二〇一二年五月二八日）

検査厳格化で実験に気遣う【テーマ特集「環境保全」】

環境問題がわれわれ化学者の前に現れたのは私が三十歳のころだった。それまでは何の規制もなかったから、害があろうとなかろうと不要なものは全て流して捨てていた。

それから四十年。環境問題は化学者に重くのしかかっている。規約を見た若い化学者が「これでは実験はできない」とぼやいていた。実験棟の排水溝では定期的に取水検査が行われ、正常の範囲ならよし。異常値を示すと、その建物の排水が禁止される。

幸い私のいた建物ではそういう禁止を受けなかったし、近隣にもそういう禁止を受けた建物はなかった。

私が実験をするとき、あるいは学生に実験をさせるとき、原料の試薬が未反応のまま流出する見込みを判断するのに神経を使ったものだ。

（二〇一二年六月五日）

「フクシマ」に学ばぬ再稼働

福井県おおい町の関西電力大飯原発が再稼働する動き。なぜ、福島県の東京電力福島第一原発の事故を忘れたのか。忘れたというよりも、政治家をはじめ関係者は福島の原発事故を学習していないように思える。確かに、原発を受け入れれば政府などからいろいろなサービスが付き、立地した地元が潤う。

しかし、そんな〝あめ〟にだまされていると福島の二の舞いになってしまう。昼間や夜間のテレビ放送を少し短縮すれば原発がなくても電気の心配はいらないと思う。

このあたりから政治家たちは率先して電気不足を解消すべきではないか。

原発は非常に危険なものであることが国民の間にも知れ渡った。これ以上国民を核の危険にさらしたら、日本は海外から原子爆弾の被害を忘れたのかといわれてしまう。これは日本に住む人にとって大きな恥辱だ。

（二〇一二年六月一五日）

1カ月ごとを大切に生きる【テーマ特集「今年後半への意欲」】

この年になっても何かしたいという欲望は消えない。やっぱり生きている証拠だ。あわよくば〝結婚〟というのは欲張りすぎか。

まあ、それはさておき、人間年齢には関係なく、何かやりたいと思うのは自然の摂理であろう。私は半年とはいわず、この先一カ月を大切に生きたい。一カ月を生き抜けば、また次の一カ月がある。無理をしないように少しずつ時間のたつのを見ていきたい。

今のところ、肝機能、糖尿、血圧の心配はなさそうだ。時々検査で引っかかって医師に「どうした」と叱られることもあるが、私はそれなりに努力をしている。

もう一つ厚生労働省指定の難病を抱えているが、この進行は極めて遅く、半年や一年ではひどくならない。また来年にはこの病の特効薬が出ると聞いているので、生きていく必要がある。

（二〇一二年六月二七日）

時を追求したうるう秒設定

一日午前八時五十九分五十九秒と九時ちょうどの間に、一秒間「うるう秒」が設けられた。時間で勝負する民放もこの一秒はさすがに使い物にならず、適当に前後の放送に割り振ったことだろう。

それにしても時間をここまで正確にするには相当の技術がいる。そこまでやっても多くの人々は気が付かない。考えようによっては技術の無駄遣いという発想も出てくる。

しかし、ちりも積もれば山となるから、放っておくわけにもいかない。

人類は昔から一年の長さをいろんな方法で求めてきた。そして正確な長さが秒の単位まで求められるようになった。

この先もこの方面の研究がさらに進むことを期待する。（二〇一二年七月八日）

計画倒れよりまず宿題を【テーマ特集「夏休みの計画」】

夏休みほど楽しい期間はない。私も子どものころ、アッというような立派な計画を立てた。二、三日かかったと思う。そして夏休みの終わるころになると見事に計画倒れで悲惨な目にあった。山のように残った宿題。それでも休み明けには何とか間に合わせた。

私の二人の子どもたちもぎりぎりまで遊んでいたが、いつやったのかと思うほど宿題を見事に片づけていた。

計画を立てることは大事なことであり、楽しいものであるが、概して思ったようにいかぬものだ。私は、できない計画を立てるより、できる宿題から片づけることが大事だと思う。休みの中ごろにどれだけできたかを調べ、それから計画を立てても遅くないだろう。

もちろんどこかへ出かけるような計画があれば、それを最優先すべきだ。

（二〇一二年七月一七日）

老いる厳しさ目の当たりに

ショートステイの利用者は体のどこかが悪い人ばかり。その中でも大変なのは認知症の人だ。もっとも当人は大変だと認識していない。周辺にいる人が大変なのだ。

ある男性の場合は、いつも無言で行動するから、スタッフも油断する。テレビに向かって放尿しようとしたとき、私たちが大声でスタッフを呼んだので、未遂に終わった。

もう一人は女性で、食堂でしゃべりづめ。食事前に「ごちそうさま」、食後に「ご飯はまだか」と言う。

私も発病しないという保証はないから、人ごととは思えない。私自身は「夜トイレに行くときにふらついて危ない」と夜勤のスタッフに言われた。転んで頭を打ったらおしまいだ。

（二〇一二年八月一〇日）

旧満州で空襲　忘れえぬ体験

私が四歳のころ、一家は旧満州（中国東北部）にいた。庭で遊んでいたとき、突然の空襲警報。何事かと思って家に入ると、母が慌てて私に防空頭巾をかぶせた。どれくらい時間がたったか、私と母は山中の木陰に隠れていた。旧ソ連が旧満州に侵入した日だった。

それから数日後、日本は無条件降伏した。私たちの住居は転々と変わった。ソ連兵が家に土足で侵入し、木の実を食べ、皮を床に散らかした。やがて世間も落ち着き、誰もが生活を考えた。両親はたばこ売りをやった。

ソ連兵はシベリア開拓用の屈強な男を探していたらしいが、子連れを襲わなかった。だから父はいつも私を連れ歩いた。東シナ海の小さな港で貨物船に乗ったときにはおよその様子が私にも分かってきた。皆ほっとしていた。玉音放送が流れてから一年以上もたち、私は五歳になっていた。

（二〇一一年八月一三日）

西洋の用語は日本語表現を

明治維新後、山のように入ってきた西洋の文化、技術などの用語を当時の日本人は日本語で表現することを考え、多くの新しい日本語が生み出された。

電気、電車、自動車、熱量など。スポーツ用語として野球、投手、卓球は分かる。では蹴球《しゅうきゅう》、籠球《ろうきゅう》、排球《はいきゅう》などはお分かりか?

私の子ども時代には堂々と使われていた。そして外国の地名にまで漢字をあてたのは、少々やりすぎだった。しかし、日本人の気迫を感じる。

現在では新たに入ってきた西洋の言葉はもちろん、今までちゃんとした日本語があったのにあえてカタカナにする傾向が起きている。

ニックネーム、メモリー、トイレ、レシピなど。シグナルを信号、ゼブラゾーンを横断歩道としたのは最近にしては立派だった。日本語があるのならそれを使うよう努力したい。

（二〇一二年九月九日）

ノンアル飲料　うまさが進歩

今、ノンアルコールビールが静かな人気を得ている。十年前に飲んだときは何とまずい飲み物かと思ったが、今は本当にうまくできている。

味、のど越しは本物そっくりだ。飲み終わった後は、飲んだという満足感がある。「たまにはいつも飲んでいた焼酎を」と思い買ってきたが、飲めなくなっていた。これはいい。禁酒ができる。

しかし、ノンアルコールビールはやはり酒というより水だ。大量に飲めない。そして私の場合、本物の酒類を飲むと甘いものが食べたくなくなるが、ノンアルコールでは大福餅がやめられない。

（二〇一一年九月一五日）

年を取ったらトイレも用心

夜トイレに行くときに転び、起き上がれないことがよくあった。このため、ベッドからトイレまでレンタルの手すりをつけた。

ショートステイ（老人の一時滞在施設）先では、部屋を出てトイレに行くまでがやはり危険と判断され、おまるを用意してくれた。おかげで転倒から解放された。

今日もその施設へ行った。するとタオルらしきものが置いてある。手にとってよく見れば紙おむつだ。あれっ、ここでは粗相をしたことはないが……。そして考え込んでしまった。

そうか、私もこんな年になったのか。しかし、紙おむつのつけ方なんて知らない。いささか下世話な話になったが、年を取ると想像もしないことが起こる。そういうことを認識し、用心のためにも必要であれば、ありがたく利用しよう。（二〇一二年九月二三日）

介護関係書類多すぎでは？

私は介護保険で老人用ショートステイやデイケアを利用している。またヘルパーも数人頼んでいる。その調整はケアマネジャーがやり、指定日がダブるようなことは起きない。とてもありがたいが、月ごとに何枚もの書類ができ上がる。見たという証拠に判を押し、控えが渡される。だから私の手元にはたくさんの書類がたまる。しかし、書類の中には果たして必要かと思うものもある。まとめるケアマネジャーも大変だが、国や地方自治体が関わるとどうも無駄な書類が増えるようだ。

老人はどんどん増えていくから、ケアマネジャーの仕事も当然増える。その人件費もばかにならない。健康保険のように、押印や控えなど省略できないものだろうか。


（二〇二一年一〇月一四日）

週1回通った100万ドルの道【テーマ特集「私の好きな紅葉スポット」】

若いころ、私は週一回、金沢市の卯辰山中腹の自宅から山間部にある大学まで自転車で通っていた。途中病院の裏道は見事なカエデの紅葉が続く。紅葉の期間は十一月半ばから十二月初めごろだったろうか。人や車はほとんど通らない。

私は一人心の中で、この道を〝百万ドルの紅葉道〟と思っていた。太陽の光が長く当たる木の上から紅葉は進む。やがて思いっきり赤く染まった葉は落下し、空が見えるようになると、やっと下の方が赤くなる。

紅葉が少しずつ下がってくるのを見て、秋の終わりを感じる。ようやく紅葉のトンネルをくぐり終えると、小学校がある。学童はすでに校舎に入り「シーン」としている。あのころの若さに戻ってもう一度通りたい。


（二〇二一年一〇月三一日）

ロマン感じる金沢城「白門」

金沢市の金沢城石川門の屋根は鉛瓦ぶきであることは皆さんよくご存じのことだ。その瓦の白さから東京都文京区の加賀前田藩上屋敷跡の「赤門」(現東京大赤門)に対して「白門」とも呼ばれる。

では、あの白い色は何か。鉛のさびの一種であることは想像できるが、鉛が酸素と化合した酸化鉛は黒色だ。おそらく最初は黒さびが屋根を覆ったことだろう。しかし、時間がたつにつれて雨水と二酸化炭素によって塩基性炭酸鉛に変化した。この化合物は白い。これは銅ぶきの屋根が時間がたつにつれて緑色になるのと同じ現象である。緑色の塩基性炭酸銅は「緑青」とも呼ばれている。

鉛化合物は鉛白という。屋根をふいた人は後に「白門」の名前が出てくることを予期したのだろうか。その人のロマンを感じる。

(二〇一二年一一月一三日)

娘らのお祝い　記憶はるかに【テーマ特集「わが家の七五三」】

わが家には娘が二人いる。彼女らの七五三のお祝いについては一回だけ記憶がある。

長女が七歳になったとき、東京在住の義姉から「お祝いが終わったから、めいの着物を貸す」という話があり、それでは早速、というわけでその着物を送ってもらった。近くの美容室で着付けをしてもらい化粧もした。しかし、どの神社に連れて行ったか私は覚えていない。多分妻が連れて行ったのだろう。

わが家には澄ましこんだ娘の全身を撮影した記念写真が残っている。お参り後に、次は別のところへ着物を送った。次女のお祝いはしていない。私の記憶はこれだけだ。

夫婦そろって面倒くさがり屋だったようだ。娘らは二人とも三十歳を超えたが、残念ながら子どもはいない。七五三の話も出ない。私たちのずぼらはもう〝時効〟か。

（二〇一一年一一月一五日）

読んでもらう工夫を怠らず【テーマ特集「私とペン」】

私は化学の研究の成果を論文としてまとめ学術雑誌に投稿してきた。そのとき注意したことは関係分野の人が読んで理解してもらうことだった。大学教授を定年退官したことにより化学からひとまず離れて、今度は本欄に注目した。

自分が思っていることを読者に分かってもらおうとすれば、化学論文と同様、それなりの工夫が必要である。書きあがったら大抵一晩ほど寝かして翌日再度読む。それでよければ投稿する。

読者からは問い合わせなどが発言の担当者を経て送られてきたことがあった。知人からは「読んだよ」と声をかけられることもあった。「私の投稿を読みたい」と本紙の購読を始める人が数人いたと知り、うれしくなった。

今後も、読者が考え、感動するようなものが書ければいいと思う。

（二〇一二年一一月二二日）

人混みの中に長時間いない【テーマ特集「私の風邪対策」】

私は毎年十一月にインフルエンザの予防接種を受けている。ここ数年全く風邪をひかないのはそのおかげかと思ったが、どうも違うようだ。予防接種をしても、普通の風邪をひく人はいるという。すると、風邪をひかなくなったのは定年退職後、人混みの中に入らないからと考えた。

それでも老人福祉施設を利用したり、病院のお世話になったりして、人との接触はある。しかし、現職時代と比べると、時間はうんと短い。だから風邪の予防は、人混みの中に長時間いないようにするのがよいようだ。

（二〇一二年一二月一二日）

「作家になる」積年の夢再燃【テーマ特集「今、やりたいこと」】

私は若いころから、タレントや小説家、あるいは音楽の奏者を夢見ていた。この願望は、今もなお続いている。

エピソード集を自費出版したこともある。もっとも、あまり売れなかったが……。

この先、年齢と健康への心配から、活動は制限されるだろう。しかし、何かやりたい‼ そんなとき、ある老人の会で「この先何をしたいか」と尋ねられたので、私は「小説家になりたい」と答えた。すると、周りから大きな歓声とともに拍手がわき起こった。反応の大きさにかえって私自身がたじたじになってしまったが、「やれるものなら、やってみようか」と思うようになった。

可能かどうか分からない。だが、そんなことよりも「やろう」という意欲は、老境に向かう私の人生という道の先にともしびがともったような気がする。

（二〇二二年一二月一九日）

介護の女性陣　みんな優しく【テーマ特集「今年を振り返って」】

私のこの一年は人との付き合いであった。老人のお世話をする人との付き合いだ。数日間宿泊するショートステイ、日帰りのデイケア、家事のヘルパー、これらをまとめるケアマネジャーが私の周辺に集まった。

皆女性だった。仕事とはいえ誰もが親切だった。人に迷惑をかけない限り、日常は平安なうちに過ぎた。

しかし、ここに〝副作用〟が現れた。娘二人が「世話をしてくれる女性に優しすぎる」と反発してきたのだ。女の〝やきもち〟か⁉

だが、他人の親切を受けるには、それ相応の礼儀は必要だ。娘たちにそれを理解してもらうのが次の年の目標か？

（二〇一二年一二月二七日）

二〇一三年

伴侶を失った寂しさ誰しも

年賀状の中に、二十年前に奥さまと死別した人のものがあった。この人は愛知県内の大学の先生で、私が名古屋大に在職していたころによくお目にかかった。現在お年は八十歳を超えているはずだ。

最後の行に「毎日寂しい、寂しいとこぼしながら過ごしている」とあった。これは本音だろう。二十年たっても奥さまへの敬愛の念は忘れられないのだ。さぞかしおつらいことと思う。

私は妻と死に別れてまだ二年たっていない。私のこれからの生涯で、この人と同様妻を忘れることはなかろう。「死んでしまったものはしょうがない」とあっさりあきらめのつくものではない。私もまたこの先生のようにこの先寂しさのため苦しまなければならないのだろうか。

（二〇一三年一月二七日）

生徒の悪行は直らなかった【テーマ特集「体罰」】

学校での体罰をやめようとする風潮は私の中学時代に出てきた。それでも体罰は行われた。若い先生の中には元軍人もいて、この体罰はものすごかった。他の生徒の前ではやらず、職員室など人けのないところで往復びんただった。

それで生徒の悪行が直るかというと、直らない。それでは意味がないというので、社会情勢の変化もあり、次第に減っていった。今は表だってそういうことはない。やればたちまち社会問題だ。

立場変わって、私は大学の教師を長くやっていた。大学にも殴ってやりたいような学生は何人かいた。もちろん殴れば後が面倒だからやらなかったが……。しかし、体罰は先生の欲求不満の解消にはなったろう。どこにもいつでも手のつけられない〝ワル〟はいる。暴力なしで、それを直すことはいつの時代でも難しいようだ。（二〇一三年二月一九日）

高齢者施設で心ない言葉が

私は医師から慢性硬膜下血腫の診断を受け、直ちに入院し、手術を受けた。当時、私の顔の傷を不審に思った医師は、私が自宅でよく転ぶことを知り、自宅への退院を危険だからと認めてくれなかった。このため、やむなく老人ホームに入った。

私の階には約十人いるが、いずれも私より年配と思った。私は女性の一人から「おい」と呼ばれた。

私はラフな服装をしていたが、身なりはそれなりにきちんとしていたつもりだ。「おい」などと呼ばれる筋合いはないから完全に無視した。

相手は「おい、おい……」を連発している。どうせ「どこから来た?」ほどの話だろう。たとえ老人だからといって初対面の人を「おい」呼ばわりするとは何事ぞと感じた。そしてあきれてしまった。

人に声を掛けるときは「失礼ですが」と言うべきではないか。こういう声掛けは多い。私自身も気をつけなければ……。

(二〇一三年七月一二日)

夏の暑い時季　体休めが大切【テーマ特集「夏休みの計画」】

夏休みになった。たくさんの宿題を与えられても子どもたちは大喜びだ。宿題の中には、親と一緒になって考えるという要素が入っているものが多い。いつもはできない家庭学習である。しかし、これは現実にはなかなか難しい。親がその気になって考えればいいのだが、いろいろな親がいて思うようにいかないのが普通だ。

しかし、せっかくの夏休みだ。何か考えて、子どもを喜ばせることは必要だ。ただ、忘れてならないことは、真夏の暑い時季は本来なら体を休めて暑さにやられないようにすることが大切だ。

先生たちにこのような配慮が不足していることはないだろうか。子どもたちに変わったことをやらせて自分の指導力を誇示することを考える先生もいるということをよく聞く。これが本当ならば、教育ではない。

（二〇一三年七月三一日）

戦禍なき世界　日本が先頭に【テーマ特集「平和」】

太平洋戦争が終わった一九四五（昭和二十）年八月から現在に至るまで、全く戦争をしていない国は世界で十カ国もないといわれている。日本もその中の一つだ。だからであろうか。日本は〝平和ボケ〟しているという意見がある。しかし、多くの人の努力があったことも確かだ。ボケといわれてもいい。このまま日本が戦禍に巻き込まれないなら……。

戦争を起こそうと考える向きもあるようだが、平和を絶対に崩さないようわれわれが努力していかねばならない。世界に戦争をしない国があることで、ほかの国もそれをまねて戦争をしない風潮が生まれてくればいい。

日本は今そのような立場にある。平和のありがたさを認識しそれを世界に宣伝し、平和を求めていきたい。

（二〇一三年八月一五日）

苦手な宿題は少しずつ処理【テーマ特集「夏休み前半」】

夏休みも半分以上が過ぎた。宿題がどれほどすんだか、眺めてみよう。半分できていればいうことない。もっとも半分とはどれほどの量か判断は難しいかもしれない。はっきりしなければ、おそらく、やりたくないものがかなり残っていると思う。苦手なものは容易に終わらないものだ。

そこで一つの方法として全く手つかずのものを列挙して、何らかの方法でそれらを自力でできる一回分に区分けする。そしてそれをたとえばくじにして、当たればそれだけを完全に片づける。するとゲームのような感じで片づけることができる。休憩時にどれほど完成したかを眺めるのもいい。少しずつ片づけることに楽しみを見つけていくこともおもしろい。

（二〇一三年八月二〇日）

自分の言葉で議員は説明を【テーマ特集「原発再稼働」】

政府・自民党が原発の再稼働をもくろんでいる。あれだけの大きな被害を出したのにまだ懲りないのだろうか。その賠償などほとんど片付いていないというのに、何を考えているのだろうか。

国会の中に被害状況、現場写真などを展示し、政治家自身の言葉で、どうするのかを説明させるべきだ。彼らは被害の重要さが分かっていないと思う。

ましてや被害に遭った人たちの気持ちなど、どこ吹く風だろう。私たち国民は議員の本音が知りたい。こういうことも可能な限り報道してほしい。（二〇一三年八月二七日）

高齢者施設の現場垣間見る

私は脳出血で手術を受けた。しかし、医師は私の頭や顔が傷だらけであることに気づいた。実は腰や足の病気で家の中で転倒を繰り返していたので、医師から、自宅ではなく老人ホームへの入所を勧められた。単独でいるよりは安全だった。

私が入ったところは食事がよく、職員が親切で、ほかの利用者への世話も立派なものだった。ところが、利用者はそうはいかない。認知症の人がたくさんいた。

私の隣に座った男性は使用ずみのティッシュペーパーを新しい箱にねじ込んだ。さすがに私も放っておけず、この男性からティッシュなどを取り上げた。またスタッフを呼ぶ女性がいた。大した用事ではない。スタッフもこの呼び声の大半を無視するようになった。世間では老人に多くの注意が向けられているとはいうものの、まだまだ現場は不十分だ。

（二〇一三年九月八日）

独シュトルム　美しさで圧倒【テーマ特集「私の愛読書」】

私は「愛読書は何か？」と尋ねられると、必ずドイツの作家テオドール・シュトルムの作品を挙げる。私は彼の作品を学生時代に知り、一連の作品を夢中になって読んだ。最初、ドイツ語のテキストとして私の目の前に登場したのは小品「広間にて」だった。うんざりしながらドイツ語の辞書をめくっていた私は、「夕日に照らされて家の中に差し込んでいる木の枠の影の描写」の部分に出会った。私はその表現に「ドイツ語にもこんなすてきな文がある」とくぎ付けになった。

その後、彼の代表作「みずうみ」を知り、美しさに圧倒された。「みずうみ」は日本でもよく知られ、子ども向けの本が出ている。若いうちに作品を知り、一生の財産になったことを感謝している。

（二〇一三年九月二四日）

名選手名試合　野球を楽しむ

スポーツは「見て楽しむもの」と「やって楽しむもの」に分かれる。中でも野球はやって楽しむものとして、昔から子どもたちが最初の遊びとしてやるものだ。

この中で野球の「日本語用語」がたくさんつくられた。塁、本塁、一塁、投手、打者、走者、遊撃手などだ。まだある。西洋のスポーツでこれだけたくさんの日本語が入っている種目はない。

野球の普及の一つとして高校野球のテレビ中継は忘れられない。私も子ども時代にテレビでルールを覚えた。ＮＨＫがなぜそこまで熱心に試合中継をやるのかは知らないが……。これが野球普及の原動力だと思う。

おかげで、多くの名選手が生まれ、すてきな試合を楽しむことができた。もちろん、野球の嫌いな人もいるから、そういう人にはそれなりの対応が必要だが……。

（二〇一三年一〇月一二日）

台風への備え　金沢でも必要

　大きな被害をもたらした台風の季節も間もなく終わる。台風といえば沖縄県、九州、東京以西の太平洋側によく襲来する。私の知る限りでは、金沢に来たのはこの四十年間で数回だけだったと思う。

　私は以前名古屋に住んでいたが、ここには毎年のように来た。台風予報が出ると、すぐ食料の買い物、窓の補強など、結構することが多かった。金沢へ来てからはそんなことはない。予報が出てもみんなのんきだ。これは金沢のいいところだ。

　しかし、今回、これまで大丈夫だった伊豆大島に大きな被害が出た。だから、金沢も安心してはいけない。台風予報を聞いたら、自宅の周りを見て、崩れそうなところ、水の流れるところをチェックしてみるとよい。土地を掘ったら砂が出てきたというようなところは注意が必要だ。こういう注意は町内でまとまって行うとよい。

（二〇一三年一〇月二七日）

今も高い支持　何かを起こす【テーマ特集「原発ゼロ発言」】

小泉純一郎氏が初めて自民党総裁に選ばれたとき、私はすごい人が出てきたと思った。そして大変な騒ぎを起こすような気がした。当時、自民党員はおそらく圧倒的多数で彼を総裁に迎えたろう。彼にはそのような人を引き付ける力があった。

拉致に関する北朝鮮トップとの会談は相当な検討と素早い対応があったと感じる。郵政民営化では一応は成功したものの、彼の評判はやや落ちた。

小泉氏の支持は今でも高い。外国からも高く評価されているようだから、その刺激もあるだろう。〝原発ゼロ〟は多くの日本国民が望んでいる。

彼はこの勢いに乗って何かをやろうとしているような気がする。

（二〇一三年一一月五日）

今もなお続く　食の礼儀作法【テーマ特集「和食文化」】

日本には昔から〝懐石〟料理と〝会席〟料理があった。懐石とは修行中の僧侶が保温のため持ち歩いた熱した石で、この石の熱で温めたものを懐石料理といった。修行中の食べ物であるから、簡素であっさりしたものだった。

一方、上流階級のぜいたくな料理も始まり、これを会席料理といった。会席料理はその礼儀作法が難しくて、都合のよいところだけが使われるようになった。

この二つの料理形態が今の和食のもとになっている。また、すしは江戸の町人が刺し身をご飯の上にのせて食べたのが始まりとされている。武家が関与しなかったので、難しい礼儀が発生しなかった。手づかみで食べるのも庶民の感覚であろう。

このように和食の歴史は古く、現在もなお続いていることはすばらしい。

（二〇一三年一二月四日）

二〇一四年

自立目指してゆっくり歩く

私は足腰が悪く、転倒などを繰り返し、あちこちに生傷をつくって痛い目にあった。そこで安全のため、現在高齢者の福祉施設に入っている。

新年の抱負としては、この施設から出ることだ。そのためには転倒しないように歩くことが必要だ。転倒の原因は年齢による四肢の劣化であり、これはどうしようもない。だから転倒しないように、ゆっくり歩くように気を付けたい。どうせ、暇な体だから急いで動く必要もない。

私は三年前に妻をなくした。二人の子どもは東京に行き、今のところ金沢に戻ってくる可能性はない。だからこれからも一人暮らしが続く。この施設の個室にずっといて、このままじっと死ぬのを待つほどの根気は私にはない。

毎日の生活の中で一番の楽しみは読書で、中でも新聞を読むのは楽しい。今年は、新聞により自分の生活を豊かにしていきたい。

（二〇一四年一月七日）

覚えて得した英単語の意味【テーマ特集「入試の思い出」】

私は約五十年前に三回の受験を経験した。高校、大学、大学院である。大学院の方はそれほどの精神的圧力はなかったが、高校、大学は大変だった。試験終了後、発表までの間は特につらかった。どこかに発表までの過ごし方という記事はないかと思ったが、ない。

当時、センター試験などはなかったから、私の受験大学は試験期間が三日だった。私は夜勉強していたが、試験時間は昼間だ。試験の一カ月ぐらい前から、試験の時間には起きる練習をした。初めのうちは眠くて大変だったが、一週間ほどで矯正できた。試験までの間は慣らしの勉強はした。英語で「ｅｘｅｃｕｔｉｏｎ」という単語が出てきた。辞書を引くと「実行」のほかたくさんの意味が出て、その中に「死刑執行」という訳があった。「へーっ」と思ったが、次の日の英語の試験で、この単語が出た。しかも長文に当てはめれば、英文全体の意味が分かる。これで何点得をしただろうか。ともかく三つの試験には全て合格できた。

（二〇一四年二月一三日）

せりふの合唱　表情が見えず【テーマ特集「卒業」】

私の小、中学校の卒業式は、軍隊上がりの先生が振り付けた。その約三十年後、私の子どもの卒業式は、なかなかよい振り付けだった。式では、児童たちの見事な〝せりふの合唱〟が続いた。親の一人として式に出席した私がいた場所は児童の後ろだった。背中しか見えなかったので、児童の感激がいまひとつ伝わってこなかった。

しかし、児童たちの表情を見られるところに陣取った来賓者たちは思わず涙ぐんだという。このような感動的な式だと、児童たちの記憶にも残り、よかったと思う。どうせ練習するなら、こういう卒業式の方がよかった。私の時代のような軍隊のまね事はかなわんと思った。当時の先生たちは軍隊のまね事しかできなかったのだろうか。

その後、私は私立大にも非常勤講師として勤務したが、そこの卒業式は女性が多かったので、和服やはかま姿が目立った。卒業式の後はアルコールも入って、あでやかな送別会となった。

私が指導した子どもたちが晴れ着に包まれてみんなの祝福を受けているのを見て、教育者になってよかったと思った。

（二〇一四年二月二六日）

入院中の読書　有意義な時間

病院の外来診察を受けたら、血糖値が異常に高かった。即入院。診察後は帰宅するつもりだったので、慌てて知人に頼んで洗面具や着替えなどを自宅に取りに行ってもらった。

そして四人部屋のベッドの一つに落ち着いた。しかし、本も何もない。退屈だ。院内の小さな売店で買った週刊誌を読んだが、面白くない。文庫本を買ってきて読みだした。この方がいい。そして買っては読みを繰り返し、九百ページを超える大作も数冊読んだ。

血糖値が正常に戻ったのは二カ月以上後で、入院期間中に読んだ本は約二十五冊にもなった。「入院するなんて全く時間の無駄だ」と思っていたが、その間に知らなかった作家も含めて有意義な読書ができた。

今までにこれほどたくさんの小説などを読んだことがあっただろうか。私にとって初めての作家の作品も読んだ。十分な時間を有効に過ごすことができた。

（二〇一四年五月二〇日）

日本の考え方　世界に伝える【テーマ特集「平和」】

人間をはじめ、その他の動物は生誕以来、争いを続けてきた。これは動物（特に男）の生物的な性格による。戦争を続けた結果、国ができ、国王が生まれた。しかし、人に知恵が付くと争って傷つけあうようなことをしていてはいけないという機運が生まれ、最近になってやっと平和を求めるようになった。

太平洋戦争が終わり、わが国はその悲惨な結果に驚き悲しみ、二度と戦争はしない決断をした。これには他国の強い応援もあったことはいうまでもない。〝真の平和〟を手に入れて以来約七十年。平和は続いている。この期間、外国ではどこかで戦争が起こっている。日本同様に戦争をしていない国は十カ国ほどしかない。日本の平和を輸出することはできないだろうか。われわれ日本人（あるいは日本で暮らしている人）はわれわれの持つ平和の考え方を大事にし、さらに発展させるよう、そして外国にも伝えるよう考えていきたい。二度と悲惨な戦争を起こさないように……。

（二〇一四年八月六日）

ソ連を意識し落とした原爆

今年の二回の「原爆の日」は長崎で集団的自衛権が問題になった以外に特に大きな混乱もなく終わった。ただ、私が気になったのは、いくつかのマスコミの「この原爆投下で日本は本当に目覚め、戦争を終結させる方向に向かった」という記事だった。

実は原爆投下以前から米国は「日本にはもう戦う力がない」と認識していたのだ。放っておけば日本は自滅する。だから、原爆投下を当てにする必要はなかった。それでも当時のトルーマン米国大統領が原爆にこだわったのは、連合国側にソ連がいたからだ。米国は「ソ連を同じ戦勝国にし、負けた国々の領土を割譲するのはどうも気にくわない」と考えた。

米国はすごい武器を持っていることをソ連に示し「われわれは共産主義には決して引けを取らない」と脅威を与えた。するとソ連も負けておらず、原水爆を独自に開発して対等の立場を取った。結果、米ソの長い冷戦が始まったのだ。

（二〇一四年八月二五日）

（補足）

P154参照。

心を奪われたドイツ語の美【テーマ特集「私の一冊」】

十九世紀のドイツの作家テオドル・シュトルムは、わが国ではあまり知られていない。しかし、大学一、二年生のドイツ語のテキストとしてよく使われる。

私もその一人として、彼の短編「広間にて」を受講した。次々と出てくる新しい単語にうんざりしていたが、ある時、窓から夕日が入り、床に影が映っている情景が出てきた。私はその文の美しさに吸い寄せられた。ドイツ語にもこんな見事な文があるのだ。それから私は次々と出てくる宝石のような美文にわれを忘れた。そして半年分のテキストの残りを終わりまで読んでしまっていた。

その後、彼の作品の中で最も有名なのが「みずうみ」であることを知った。それを読み、私は迷うことなく、その原文を手に入れ、春休みに辞書などを片手に読み上げ、ドイツ語の真の美しさを認識した。

私の本箱には古い文庫本とドイツ語の「みずうみ」が並んでいる。文庫本は茶色に変色しているが、新しく買い替えるつもりはない。

（二〇一四年九月一八日）

悪天候に苦闘　あれから40年【テーマ特集「北陸の冬」】

私が三十一歳の秋に、名古屋から金沢に引っ越して来た。当時〝名古屋の夏の猛暑から逃れられる〟と喜んでいたら、知人から〝北陸は冬の雪が怖い〟と脅された。しかし、あのころの私には〝雪は楽しいもの〟というイメージだった。

金沢で迎えた初めての冬、私は「いつ雪が降るのか」と楽しみにして待ち構えていた。ところが、その冬は大雪で、〝嫌というほど〟雪が降り、交通がまひし、通行する車がはね飛ばす雪解けの泥水に逃げ回るなどさんざんだった。このときになって〝雪が怖い〟との言葉の意味を認識した。しかも、連日の悪天候で、幼かったわが子のおむつが乾かず、往生。毎日晴れの日が続く太平洋側の冬が恋しく、「〝えらい所〟へ来たものだ」と落ち込んだ。

あれから約四十年。長くいたものだ。そして金沢の良さを見つけた。良いところは、地震が少なく、台風の直撃がほとんどないことだ。名古屋では、台風の予報が入るたびに、自転車で非常食を買いに走った。窓や入り口をくぎなどでとめた。私は金沢で台風の恐怖をまだ二回しか経験していない。地震に関しても、最近の能登半島地震だけだ。

人混み避けて　家などで安静【テーマ特集「風邪の予防」】

（二〇一四年一一月二〇日）

私は在職中、よく風邪をひいた。退職してからは家にいることが多かったので全くひかなかった。しかし、今年の三月、病院の内科病棟に入院。周辺には肺炎や風邪の患者がうようよいた。このため、退院後、見事に発熱した。だから、風邪の予防には、絶対に人混みの中に入らぬことだ。これに尽きると思っている。もちろん用事があって人混みの中に入る必要があれば仕方がない。そういう人たちにはお気の毒というしかない。この場合、マスクはどうかというと、まずあてにならない。マスクの材料はガーゼが多く、風邪のウイルスは、このマスクを簡単に通してしまう。インフルエンザの予防注射はかなり効果がある。

風邪の特効薬を発明すれば〝ノーベル賞もの〟という話は昔からあるが、解熱剤、せき止めなどの風邪薬は体の不快感をまひさせるだけの対症療法にすぎないことを承知すべきだ。

（二〇一四年一一月二七日）

正月前の準備　ピンと来ない【テーマ特集「師走」】

師走とは〝年末になって先生でさえ借金取りに追われて逃げ惑うことからきた〟という説もあるらしい。私も現役時代は教員をやっていたが、借金で追われたことはなかった。正月前はそれぐらい忙しいという例えであろう。

太平洋沿いの地域は、年末には大掃除をする。そして窓を開けて太陽の光をいっぱい入れる。日本海側の金沢は天候が悪いから大掃除などはあまりしないようだが……。それからおせち作り。これも既製品を買うから、家庭で作ることはほとんどなくなったのでは……。買い物も、最近は元日から営業するところがあるのでこれも不要だ。

これでは正月の準備といっても何もやることはない。これが庶民の生活だ。ただ、子どもたちは冬休みでやることがいっぱいあるだろう。私たちが子ども時代に経験した正月はなくなってしまった。これも時代の流れで仕方がなかろう。もちろん、商売などをしているところは、年末までに得意先に納める商品のチェック。売掛金の回収など、いろいろあるようだ。

（二〇一四年一二月四日）

糖尿病で入院　読書に励んだ【テーマ特集「今年を振り返って」】

　この一年は私にとって病気との闘いであった。妻をだいぶ前に亡くしてマンションで一人暮らし。パーキンソン病で上半身が震え、文字が書けない。「こんな状態の〝おやじ〟を一人で置いておくわけにはいかない」と娘たちは考え、昨年から老人福祉施設に入っている。この間に糖尿病が悪化し、今年はいきなり〝入院〟となった。そんなつもりではなかったので、何の準備もしていなかった。

　病院の小さな売店で週刊誌を二、三冊買ってきたが物足りず、さらに文庫本を買った。有名な作品はなかったが、手当たり次第に買い込んで、読みふけった。

　五月の大型連休で売店も休みに入った。本をどうしようかと思ったら、患者と職員のための図書室を見つけた。結局入院中、読んだ文庫本は二十五冊。中には九百ページを超える大書も何冊かあった。まずは有意義な入院生活だった。退院後はパソコンに夢中になり、読書はストップしている。

　来年の目標はこの施設から出ることだ。

（二〇一四年一二月二五日）

二〇一五年

病気の隙つき　取り戻す【テーマ特集「ひつじ年への抱負」】

昨年は完全にわが家のマンションを留守にした。パーキンソン病と思われる足腰の不都合で、家での一人暮らしは危険と判断され、老人ホームに入った。この合間に、糖尿病で二カ月半入院。退屈でうんざりの毎日だった。この間、文庫本を二十五冊読んだ。

糖尿病に対しては、甘いものを控えることとインスリンの注射。パーキンソン病の方は不思議にも進行が止まっているようだから、薬と時々の医師の診断で何とかなった。私はほかにもう一つ、慢性硬膜下血腫の手術歴がある。再発の恐れがあるから油断できない。

以上の疾病は、放っておくと少しずつだが悪化して、最後は〝死〟につながる。ただ、心臓まひのように急に死亡するものではない。ゆっくりと体を痛めつけゆっくりと死へ導く。その間に何とか病気の隙をつかんで元気を取り戻したい。そして自宅マンションで、酒を飲みながら読書し、生きる喜びを得たい。あわよくば、〝結婚〟も……。これはちと無理か⁉

（二〇一五年一月三日）

大根ずしこそ　金沢庶民の味【テーマ特集「おすすめの料理」】

金沢へ来て間もなく「大根ずし」という食べ物を見た。混雑した市場で、人の間から見たのでよく分からなかったが、魚の小片と大根が見えた。その名前からしてご飯の代わりに大根が使われ、大根の上に何らかの魚が載ったものと思った。

実際に買ってよく見ると、ニシンと大根がこうじ漬けになったものだった。すしとは形が異なるが、結構うまいと思った。

そのそばに「かぶらずし」があった。これは少し丁寧に作られており、輪切りにしたカブラにさらに切れ目を入れ、そこにブリの塩漬けを挟み、こうじ漬けにしたものだ。これだけのものが一枚五百円以上する。大根ずしのような調子でむしゃむしゃ食べるのはもったいない。かぶらずしは武士の、大根ずしは庶民の食べ物であった。

かぶらずしは全国に冷却輸送されるが、大根ずしを、私はほかの地域で見たことがない。これこそ金沢の名物といえると思っている。

（二〇一五年一月一四日）

ネコヤナギの温かな手触り【テーマ特集「小さな春」】

雪の上に木の枝が落ちていた。〝どこから飛んできたのだろう〟と近づいて引っ張ると、枯れ枝ではなく、生きた木の先だった。隣の畑に生えている枝が雪の中の囲いをくぐり抜け、わが家にやってきたのだった。

枝に二、三個の灰色の芽がついていた。触ると柔らかい。ネコヤナギの新芽だった。本当に〝猫のしっぽの先〟のような手触りだ。何と温かい芽だろう。辺りは雪景色なのに、ここにはもう春が来ていた。

本格的に雪が解けるのももうすぐだ。風雪と、除雪の苦痛が解消される。春ってこんなに素晴らしいものなのだ。私はこれ以来毎年、このネコヤナギに春の兆しを見せてもらった。何年ほど私はこの木と付き合っていただろうか。子どもたちが独立して家を出て、私も妻も年を取り、庭の手入れもおぼつかなくなったころ、私たち夫婦は今のマンションに転居した。

ネコヤナギの芽を見ていたころは、私たちにとって最も生きがいのある、忙しい時代だった。

（二〇一五年一月二九日）

入学後に能力上げよ【テーマ特集「受験」・すくらんぶる交差点】

受験の時期だ。受験生は追い込みの時期だろう。いろいろな要素を考えて志願先を決めるが、各受験者は自分の実力よりも少しやさしいところを選ぶとよい。そうすれば受験勉強が楽だ。

大学に入ってからも良い成績がとりやすく、就職後も好成績が有効に作用することも大いにありうる。

一流の大学を出てプライドだけ引きずっていても駄目になる人、実力の出せない人は結構いる。入学後に自力で自分の能力を引き上げることを考えるべきだ。どこを出たかだけで、その人の能力を判断させることはまずないだろう。「あの人はここに就職後頑張って業績を上げた」という話はよく聞く。

（二〇一五年二月五日）

「戦争は反対」維持と発信を

百田尚樹さんの「永遠の0」は、神風特攻隊を主題にした小説。特攻隊の生き残りが語って聞かせる回顧の形式をとっている。

著者は、生き残った特攻隊員や文献をよく調べていると思う。小説とはいえ真に迫る鋭い文章が続く。最後は戦死した友の遺言を伝えるべくその妻子を訪ね、やがてはその女性と結婚。この最後の部分に感動した読者が少なくなかった。

ゼロ戦の操縦士は、敵戦艦を目指して体当たりするだけの訓練を受けて出撃した。度肝を抜かれた米軍はまもなく反撃できる戦闘機を開発し、ゼロ戦を蹴散らした。戦死した操縦士の誰もが家族を持つ。彼らの苦悩と生活苦を顧みず、大本営などがむちゃくちゃな作戦を強要した。どんな理由があろうと武器を用いた戦争は避けなければならない。

あの悲惨な戦争の結果、われわれは七十年の恒久的ともいえる平和を守ってきた。しかし現在、戦争経験のない政治家たちが変なことを決めた。マスコミなどはこぞって反対している。この反対をさらに継続し世界に伝えるよう、われわれ大衆はみんなで努力したい。

（二〇一五年一〇月一七日）

安気【くらしの作文】

妻子不在で一人暮らしだ。栄養不足になったり、急病になったりしてはいけないと子どもたちに言われたので今、老人ホームにいる。

　利用者はもちろん年寄りで個室。食事は広間で皆と食べる。個室十人分が広間一つを囲んでいる。こういう広間がいくつかあるがここでは会話がない。皆、耳が遠くて話にならないのだ。困ったことに了解も得ず人の部屋に入る入居者もいる。対応の方法は分からない。仕方がないからナースボタンで職員を呼ぶ。

　夜間は二十人に一人宿直が付く。宿直は暇だ。眠ることは許されないが、暇でなくなるのは事故の起きた時。そんなことにはなってほしくない。この人たちは重労働の割には給料が安いと聞く。当然人手不足。この方面への公共の援助がもっと出ればいいのに。

　さて、私の一日は長い。読書以外に何もやることがないから当然である。しかし安気《あんき》だ。起床就寝時間と食事の時間さえ守ればあとは自由。もちろん、無断で外出すれば叱られる。何もできなければ窓から外を見る。青空は体の中の不燃物をきれいにしてくれる。曇り空はだめ。これから冬に向かう季節。曇り空ではうんざりだ。いや、その前に健康を取り戻して退出することを考えた方がいいかな。

（二〇一五年一一月七日）

下肥が消えて　輪廻も崩れた【テーマ特集「農業」】

昔、人々は人間らのふん尿を空気中に放置して発酵させ、そのまま肥料として使った。これを下肥《しもごえ》といった。しかし、ふん尿には回虫その他の有害な微生物がいて、病気の原因にもなっていた。やがて化学肥料が登場した。農家はこれで清潔になったが、問題が起きた。

下肥を与えて植物を育て、その植物を人間が食べ、そして排せつする。下肥は人間を含めた食物輪廻《りんね》を担っていたのだ。化学肥料の登場により、この食物輪廻が壊れた。

私より年上の人は、下肥のコメは化学肥料のコメよりもうまかったという。長くかかって得られた自然の輪廻の崩壊は、多くの問題を生み出すだろう。

下肥だめは、昔の田畑にはいくらでもあった。街灯が少なかったから、何人もがそこへ落ちてふん尿だらけになり、キツネに化かされたと騒いだ。下肥がなくなり、そういう所へ落ちる人もいなくなった。しかし、近代化によって私たちは何か大事なものを置き去りにしていないだろうか。

（二〇一五年一一月一一日）

身を出すのが苦手で嫌いに【テーマ特集「カニ」】

老人施設に入居中のためまだカニにはお目にかかっていないが、私はカニがあまり好きではない。カニの殻が硬いからである。

一流の料亭、あるいはサービスの良い店では、身を殻から出してくれるところもあるようだが、それならその美味に酔いしれる。

酢じょう油で食べれば最高だ。目の奥にある青いところは酢じょう油につけなくてもうまい。青いのは銅の化合物で、ヘモシアニンという物質である。

市場や鮮魚店では、カニを売る店員の威勢のよい声が響く。これを聞けば、いよいよ冬の訪れを知る。

私はかつて身を出すのが苦手で面倒だから殻ごと食べていた。しかし、殻入りの料理は決してうまくない。殻を食べれば歯を壊すこともありうる。サンマの骨のようにはいかない。だから嫌いになってしまった。

金沢にいてカニが嫌いと言えば、笑われるかもしれない。好き嫌いに論理はないというが、嫌いなものはしょうがない。

（二〇一五年一一月二五日）

平和望む声の大きさを実感【テーマ特集「私と「平和の俳句」」】

毎朝、私は本紙一面の左上を楽しみにしている。平和の俳句だ。

作者はどのようにしてネタを考えるのか、うらやましさとともに不思議さを感じる。季語のない川柳のようなものも見受けられる。

毎日一句ずつ出るから、一年で三百五十句だ。おそらくボツになった句も多いだろう。それだけ平和を望む声が大きいのだ。太平洋戦争終結から七十年たった今も、平和を願っている人々がいかに多いことか。

私は、旧満州（中国東北部）から引き揚げてきた。トイレも明かりもない貨物列車に何日も乗せられて移動し、停車すると戦勝国の兵隊が侵入し、悪さの限りを尽くした。

私は俳句はできないが、わずか十七文字の中に含まれる人々の平和を望む声はよく分かる。あんなばかな戦争をしたから、その反省の上に立ち、現在もなお多くの人々が恒久の平和を願っているのだ。

これを一部の政治家連中は読んでいるのか。もっとも彼らは、読んでも何を騒いでいるか、ぐらいの気持ちしかなかろう。情けない。

（二〇一五年一二月一七日）

飲めない人に酒を勧めるな

年末となり、酒を飲む機会も多かろう。酒の重要な成分はエタノール。エチルアルコールともいう。

エタノールを摂取すると、酔う。酔いの度合いは条件によって異なる。最終的に血液中に残ったエタノールが0・15%を超えると酩酊《めいてい》状態となる。同じ程度の酔いでも、どれほど飲んだかは人によって異なる。少量で酔う人、一升飲んでもけろりとしている人などいろいろだ。同じ酔いを得るのに大酒飲みはエタノールをずいぶん無駄遣いしているようだ。欧米人は、水質が悪く水の代わりに酒類を飲むのが普通。東洋人には酒が全然飲めない体質がある。日本人では約47%だ。こういう人は無理して飲むとすぐに悪酔いし肝臓を痛める。

私は好きだが、飲めない人を気の毒に思う。そのかわり、家庭は円満だろう。だから「俺の酒が受けられないのか」などの脅しは絶対にいけない。飲めない人にこれをやって傷害罪で訴えられたという話がある。

（二〇一五年一二月二八日）

二〇一六年

入院生活通じ健康考え直す

昨年は心筋梗塞のため三カ月の入院と六カ月の老人ホーム暮らしで、何もできない退屈な日を送った。

長い入院生活で歩けなくなり、今リハビリをしている。困ったことに、入院前後の記憶が全くない。治療の方法、子どもたちの看病など、思い出せない。死にかけたことは確かだ。やっぱり年だと感じ、健康への注意を真剣に考えるようになった。

老人ホームの利用者は高齢になるほど動きが鈍くなり、意識の低下が起きる。私の部屋では十人中五人が認知症。また誰もが耳が遠く、会話がなりたたない。四肢が動かず、寝たきりの人もいる。普通に動ける人でも、どこかに障害があり、健康体という人はいない。自分も将来こうなるのかと思うとうんざりする。

しかし若い職員との交流は楽しかった。みんなの考え方や介護とは何かも分かった。これはよき経験であったと思う。

病気は一段落し、後は歩けるようになればよい。今年はともかく健康でありたい。それだけが目標だ。

（二〇一六年一月）

家で飼うには賢すぎるかも【テーマ特集「サル」】

私が初めてサルを見たのは保育園時代。遠足で動物園に行った時だ。おり越しに見物客が与える餌を手づかみで食べることに驚いた。それ以降、私はサルに夢中になった。どこのサルもみな手を使っていた。ずっと後になって、これらはニホンザルということも知った。サルは南洋の動物という錯覚も今はもうない。

十二支にもサル（申）があるから、日本を含む東洋にはそれほど珍しい動物ではなかったといえる。

干支《えと》は十干と十二支からなる。発生は中国で、初めはネコを含めて十三支であったが、ネズミがネコを追い払ったという説がある。これから約二百年後の紀元前四世紀ごろ、大衆の中から陰陽思想が起こり、十干が発生した。現在では十干と十二支とが組み合わさって日付、年、方角その他の日常生活に深く関与している。

話を戻して、サルは頭がいい。それが原因でいろいろな問題を起こす。ペットとしては犬猫の方が楽だ。

（二〇一六年一月）

朝型訓練の幸運【テーマ特集「受験」・モーニングサロン】

古い話になるが、私も受験生だった。当時はもちろんセンター試験はなかった。私はもっぱら夜型だったので、入試の直前約三週間は、早寝、早起きの訓練をした。夜型のまま試験に臨むと実力がだせない。それよりも試験中に居眠りしたら万事休すだ。こういう例が実際にあると聞いた。

朝型への切り替え中に、私は全受験科目についてざっと復習した。英語の参考書をパラパラめくっていたら、〝execution〟という見慣れない単語が出てきた。意味を調べると「実行」をはじめ多くの訳語があり、その中に「死刑執行」という訳があって驚いた。そして翌日の試験本番の英文和訳にこの言葉が出てきて、それがキーワードになっていた。だから完璧に近い訳ができたと思う。これが合格につながったのかもしれない。

受験生諸君は最後まで諦めず、疲れない程度に勉強しておくとよい。私の経験したこんなうまい話はそうはないだろうが、運も実力のうちという言葉もある。頑張ってください。

（二〇一六年二月一一日）

60年ぶり再会　骨折聞き心配【テーマ特集「恩師」】

私は名古屋で育った。中学校で最も印象に残った先生は、担任の社会科のS先生だ。あだ名は「宙ブラリン」。歩行時、両手をブランブランと体ごと回転させたことから付いた。

先生のおかげで地理、歴史が大好きになった。運動部の顧問も務め、胃が悪いとのことで絶えずげっぷをし、口を開けて、とても健康には見えなかった。

あれから六十年。先生に久しぶりにお会いしたのはクラス会だった。その後、金沢にもおいでいただいた。もう九十歳に近い先生は均整のとれた立派な体格になっていた。

その先生がつい最近、自宅の布団につまずいて倒れ脚を骨折したと、名古屋の友人から連絡を受けた。

私は昨年、心筋梗塞になり半年も老人ホームでリハビリを続けているが、先生も寝たきりですか？　と、何とも悲しい気持ちになる。今後もクラス会にご参加いただけるように願っている。

（二〇一六年三月一六日）

思い出の合唱【くらしの作文】

金沢市内のコーラスグループが、私のいる老人ホームを訪れた。服装はそろっておらず、赤ちゃんを抱いた女性もいた。素人の合唱だから、プロ並みの演奏は無理だろうと思っていた。しかし、聴くうちに次第に引き込まれていった。そして、古い昔の記憶がはっきりとよみがえった。

私は名古屋大学理学部の職員・大学院生からなるコーラスグループにいて、バリトンに所属していた。私の浪花節のような声を聞いたプロの歌手が発声など、基本を教えて下さり大助かりだった。

他学部も含めた八つのグループの合同発表会の計画が出てきた。二百円のチケットを売った記憶がある。バス代が二十円のころで、チケットは決して安くなかったが、売り切れたようだった。

プログラムが終わった時、割れんばかりの拍手を受けた。私の研究室の女子学生が言った。「女性指揮者がそっと涙を拭いていたわ」。そうだろう。長期間にわたってたくさんの出演者を統率し、指導してきたのだから。

あの興奮を今でも覚えている。そして、録音したテープももちろん残してある。見事な合唱だ。あれだけ練習したのだから、当然と言えば当然だが……。私は当時、二十七歳。甘酸っぱく、楽しい青春時代だった。

（二〇一六年四月六日）

（補足）

P197参照。

マラソン好き　一種の中毒だ

三月十三日付本紙の社説にもあったが、マラソンがスポーツとして盛んなのはなぜか。それは、走行中の周辺の情景の変化、沿道の応援団の歓声、そして走っているときの体の快感と興奮による。ではなぜ興奮するのだろうか。

それは、体に何らかの強い負担を与えると、脳内にエンドルフィン、エンケファリンなどの「脳内麻薬」と呼ばれる物質が分泌されるからともいわれている。最初はしんどいが、ほどなく気持ちよくなる。走り続ける限り物質は分泌するから、体力の限界を超えても走り続けることができるのだ。その快感は、マラソンを終えてからも数時間ほど続く。この快感が忘れられず、ジョギングを始めると、晴雨を問わず毎日走るようになる。

他のスポーツでもいえる。いうならば一種の麻薬中毒だ。やり過ぎれば体に悪いから、程よい休息が必要だ。いかに休むかの訓練も、マラソンを含めたスポーツ選手にとって重要なことである。新人がいきなり長距離を走れば、体を壊す。（二〇一六年四月一七日）

雨に弱い紙製　天井に下げた【テーマ特集「こいのぼり」】

小学校二年の時と記憶するが、当時の月刊子ども雑誌の付録にこいのぼりがあった。必要なところにのりをつけて物干しざおに結んで、外の広場に立てた。

ひと雨降ったら、こいのぼりはぼろぼろになってしまった。すると、母が紙製のこいのぼり一匹を買ってくれた。日本紙でできた丈夫そうなものだったが、雨に遭うとまた破れてしまう。それよりもさおに付けたが、重くて立たない。

両親は共働きで、昼間は家にいない。仕方なく天井からぶら下げた。尻尾の部分は相当床についていたから、かなり大きいものだったと思う。「布製だと、雨にも平気だったのに」と言うと「布製など高くて買えないよ」。そんなやりとりがあった。

当時は民家の二階を借りていたので、立てる場所はなかった。こどもの日が近づくと、そのこいのぼりのことを思い出す。

（二〇一六年五月五日）

旧ソ連威嚇で米は原爆投下

先進七カ国（G7）関係の記事の中で、米国が日本に原爆を落としたのは、太平洋戦争を一刻も早く終わらせるためという記述が多くみられた。それは本当だろうか。

原爆など落とさなくても、日本はもうだめだという認識が米国にはあったはず。原爆を投下した理由は、急激に力をつけてきた旧ソ連を米国が威嚇するためだった。終戦間近に満州（中国東北部）に侵攻し、その後、北方領土を占領し、多数の日本人を抑留した。返還要求に対して、今でも日本と平和条約を結んでおらず、認めようとしない。そこには日露戦争のうらみがあろう。旧ソ連は北海道も占領しようとしたが、さすがにこれは控えたようだ。

旧ソ連のこうした意図を抑えるべく、米国はこんな奥の手もあるとばかり原爆を落とし、旧ソ連を含む世界を威嚇した。旧ソ連は驚いたであろうが、原爆実験をしてすぐに米国に追いつき、長い東西冷戦を招いたのである。

（二〇一六年六月七日）

（補足）

スターリンはルーズベルトの誘いを受けて1945年8月9日に日本に宣戦布告し、満州に侵攻した。そして8月15日に日本が降伏したにもかかわらず、侵攻を緩めなかった。そして満州の8割を破壊、略奪し、多くの日本人を抑留した。さらにスターリンは北海道の北半分の占領を要求してきた。ルーズベルトの死後大統領になったトルーマンは、スターリンの言動に苦り切っていた。そして、アメリカがマッカーサーを日本の司令官に置いたことで、ソ連の司令官も置けと要求。トルーマンが激怒した。東西冷戦はこのような米ソの確執が始まりであった。

文明の矛盾を何とかせねば

携帯ラジオの音量調節がうまくいかなくなった。修理を頼んだら、買う以上に修理代がかかるとのこと。確かに二千円程度のラジオなら、つまみ一つの不具合でも製造所に送り、また送り返してもらえば二千円くらいはすぐにとんでしまう。仕方ないから、同じ機種を買った。

新しいラジオと古いラジオを見比べて、ずいぶん無駄なことをしたような気がする。ちょっと修理するだけで使えるのに、それができないから捨てることになる。これは人件費が高いからだ。先進国につきものの文明病の一つである。この手の無駄はあちこちにあると思う。物を大切にすることも国や社会の、そして人類の発展につながると考えれば、今の文明はこれに反する方向に進んでいる。文明の生み出したこの矛盾、何とかならないだろうか。

（二〇一六年七月一六日）

旧満州の移動　4歳にも地獄【テーマ特集「8月15日」】

終戦時、私たち一家は旧ソ連軍に追われて旧満州（中国東北部）、を右往左往していた。私たちは貨物列車に乗せられて闇の中で立って過ごした。成長してから父がよくいった。「あのころのおまえの便所は俺の両手だった。そのまま俺は、にぎり飯を食べた」と。

移動の間、旧ソ連をはじめ戦勝国から、脅しや意地悪に見舞われた。今でも思い出すあの光景。列車がある駅に止まった。何人もの旧ソ連兵が貨車に入ってきた。そして女性の猛烈な悲鳴。静かになった時、大人の足元からのぞくと裸にされた若い女性が倒れていた。私には何が起きたのか分からなかった。「銃剣を持っているから危ないぞ」と誰かが言った。

屋根のない貨車にも乗った。そういう時に限って土砂降りに見舞われた。こんな経験をしていた時私は四歳。断片的ながら記憶がある。こんなことはもう絶対にあってはならない。

（二〇一六年八月一一日）

右膝の傷痕【くらしの作文】

右膝に長さ三センチ程の傷痕がある。子どものころ家の近くの道を歩いていた時、前のめりに転んで打った。私はあまりの痛さに、わんわん泣きながら歩いた。足の裏とげたがべちゃべちゃと張り付いた。それほどひどい出血だった。

母は当初「それぐらいの傷で何よ、大丈夫」と言っていたように思う。しかし、母は傷の重さを認識した。傷はナイフのような物でざっくり切られたようになっていた。治療する医者もいなかった。その後、私の記憶は途切れる。治るまでどれくらいの月日がかかったなど思い出せない。

この傷は旧満州牡丹江《ぼたんこう》市のすぐ東にある五河林《ごかりん》で受けたものである。石炭の生産が多い満州では、道にバラスの代わりに石炭を敷いていた。私はその石炭のかけらで負傷したと考えられた。

太平洋戦争当時の満州は戦場から遠く離れ、平和があだ花のようにむなしく咲いていた。

駐留の関東軍の兵士は次々と太平洋の戦場に送られ、小規模な留守部隊だけが残っていた。旧ソ連は、これを狙って満州に攻め入ったのである。

満蒙《まんもう》開拓のため集められた日本人はその後、厳しい苦難の時代を迎えるのである。

私の膝の傷は、私の記憶とともにその時代を明瞭に裏書きしている。

（二〇一六年九月五日）

自らが作った9条やり玉に

最近、憲法改正の動きがかまびすしい。改憲論者の主張の一つは、米国の押し付け憲法をやめて、日本独自のものを作ろうというものである。特に第九条は、日本が今後抵抗しないように武装解除をさせるために米国が作ったとされる。

しかしこれは違う。太平洋戦争の被害があまりにも大きくて、これを引き起こした軍隊の横暴を防ぎ、二度と戦争は起こしたくないと考えたのは、実は日本人だった。戦後間もなく総理大臣になった幣原喜重郎が、この気持ちをダグラス・マッカーサー連合国軍最高司令官に希望している。だから第九条ができた。

それを裏付ける文書が残っており、八月十二日付の本紙にも報道されている。だから押し付けという考えは間違っている。他の条文の中に米国が考えたものはあるだろうが、それらは改憲論者の間でそれほど問題になっていないと思う。

自らが作った第九条だけをやり玉に挙げているような気がしてならない。

（二〇一六年九月六日）

領土の問題は不当性発信を

日本は竹島、北方領土を他国に事実上略取されている。それぞれの関係国はいずれも昔の日本と同じ乱暴を言っているから、話し合いができる相手ではない。やはり戦争で奪還すべきものだろうか。

しかし日本は自ら育ててきた恒久平和を絶対に破ってはならぬ。戦争をしないことを考えるべきだ。

例えば、韓国には先に十億円を拠出したが、今後金銭外交はやめるなどの思い切った手段は取れないか。仲たがいして日本は大きな声で竹島の不法占拠を世界に発信すればよい。中国についてもそういった事案を探し出してはどうか。危険を冒して巡視船を出すのも一方法だが、戦争になると厄介だ。ロシアは日露戦争の恨みを持っているというが、日本には旧満州（中国東北部）への突然の侵攻と抑留の恨みがある。国際裁判所を通してその不当性を発信できないだろうか。

全世界に問題を認識してもらうだけでもいいだろう。

（二〇一六年九月二六日）

青春18きっぷ　お得感が薄れ【テーマ特集「鉄道の日」】

青春18きっぷとは、ＪＲの普通列車一日乗り放題という切符である。18というが年齢制限はない。

一枚で五回（五日または五人）利用できるが、かつては五枚つづりで切り離して使えた。大学の生協ではこれがバラ売りされ大いに助かったが、今は嫌でも五回分を払わなければいけない。この変更は、バラ売りの禁止と、不正使用防止のためとのこと。

使用期間が春、夏、冬のそれぞれ一、二カ月と限定されているため、期間内に普通列車に乗る見込みが少なければ、かえって高いものになってしまう。

私はバラ売りの時代にこれで名古屋への出張や北陸周辺を乗り回した。二枚使って金沢―東京―金沢と旅したことがある。行きは東海道線経由。東京まで一日では行けないので、鎌倉で一泊した。帰りは長野経由。一泊の料金と疲れを考えたら、あまり得な旅行ではなかった。
新幹線の開通であちこちの路線が第三セクターとなり、この切符のうまみが薄れた。
（二〇一六年一〇月一二日）

旧満州で終戦　過酷な1年半

一九四五（昭和二十）年八月、旧ソ連が旧満州（中国東北部）に侵略した。最初、日本人は逃げなかった。旧日本帝国関東軍が守ってくれると思ったからだ。ところがいち早く逃げたのは、この関東軍の兵士だった。彼らは主な戦力を太平洋戦線にとられて骨抜きになっていた。

私が四歳になるころ、一家は旧満州の田舎にいた。情報を得て、日本人は避難のために駅に集まった。列車に乗ろうとした時、空襲警報。何人かの人が列車の下に隠れた。爆弾が機関車に当たって列車が動き、隠れた人はひかれた。

一週間後、日本は降伏した。それからは旧ソ連軍の暴行、略奪、陵辱が始まり、六十万人のシベリア抑留。日本人は逃げまわった。その時、旧満州近辺の日本人は数百万人。全ての人が帰国、引き揚げを望んだはずだ。しかし、乗船可能人数は極めて少なかった。だから引き揚げは延々と待たされた。その間、戦勝国の圧力は続く。多くの人が集団自決に至った。

旧満州をさすらうこと一年半。こんな状況下で帰国できた私たちは幸いだった。私は五歳になっていた。

（二〇一六年一一月四日）

定数是正より過疎化対策を

一票の格差について、裁判所の判断が分かれている。格差がゼロになれば理想だが。例えば人口四十六万人の金沢、定数を一としたら、単純計算では東京都区内の定数は二〇となる。実際の定数はこの数には及ばないからもっと増やせということになる。しかしこの手で格差是正をしたら、人口の多い都市の定数がやたらに増え、大都市から選ばれた議員だらけになり、国会は大都市の議会とほとんど変わらなくなる。そうなれば、地方都市はより軽くみられ、例え声を大にして地方の悩みを訴えてもほとんど聞き届けられなくなりはしないか。

現在、地方の過疎化が進み、人や設備は大都市に集まりますます便利になり、さらに人口集中を繰り返す。東京はその極端な例だ。まずこの傾向を改めるべきだ。格差是正の前に、大都市に集まった人を地方に分散させる対策が必要。これを完全に実施してから一票の格差を問題にすべきだ。

（二〇一六年一一月二一日）

運動会【くらしの作文】

私が利用する老人ホームで、恒例の運動会が行われた。といっても所要時間は二時間程度。会場はホーム内の講堂で、準備はホームの職員がする。選手（ホームの利用者）を会場へ引率するのも職員の仕事。選手宣誓や競技の参加者も職員が決め、利用者全員が何かに参加する。出場する選手は三チーム約百二十人だ。

最初の競技は玉入れ。チームごとにいすや車いすの円陣が組まれ、広げた傘を中央で職員が逆さに持って、そこへ玉を投げ入れる。玉は新聞のチラシを丸めてテープで固めたものだ。だから費用はほとんどかからない。皆、一生懸命だ。試合が終わると、職員が玉を数える。終了後に投げ込まれた反則玉も数えてしまう。落語の「時そば」のような場面も垣間見える。

次は風船バレーボール。約二十人がいすに座り、ネットを挟んで大きな風船を打ち合う。軽いからどこへ飛んでいくか分からない。中にはルールが分からないのか、風船が近づいても何もしない選手もいる。そこで、コートの外にいる職員が手を出す。こういった不正（？）も堂々と行われる。これで、笑っておしまい。

それからチームの順位付けなどがあり、選手全員が「勝ち」となって、ジュースとお菓子が配られる。まずはちょっとした気分転換だった。

（二〇一六年一二月九日）

二〇一七年

歩行訓練励み　施設出て旅行【テーマ特集「挑戦」】

昨年はまさに歩行訓練の一年だった。

一昨年中ごろ、心筋梗塞で三カ月の入院をしたら、歩けなくなってしまい、退院後老人ホームに滞在。そこで約半年は車椅子生活をしたが、昨年二月から歩行訓練を開始。そして十一カ月。ほとんど困難なく歩けるようになった。

ところがホームの職員は「職員の見ていないところで歩いてはだめ。危険だから」。歩きたがっているのに職員はブレーキをかける。「転んで骨折したらどうするの」。人間誰でも不注意で転倒、骨折することはある。その危険性は健康な人も同じだ。

訓練とは小さな危険性に立ち向かうこと。でなければ進歩はない。だから職員のすきをついてひたすら歩く。一度も転んでいない。歩行訓練は意外と日時がかかる。ホームを出られたら、小さな旅行をしたい。これが今年の目標だ。

（二〇一七年一月三日）

旧ソ連の行い　認められない

　ロシアは旧ソ連時代、軍備が枯渇して瀕死《ひんし》状態の日本（満州・中国東北部）に宣戦布告し、一週間で労なき勝利を得た。そして北方四島の占領、在満日本人への殺傷、強奪暴行、五十七万人のシベリア抑留など、悪さの限りを尽くした。

　これで満蒙《まんもう》に渡った数百万の日本人がひどい目に遭い、満蒙引き揚げ者は現在もなお忘れられない苦悩を背負っている。私もその例外ではない。

　ヤルタ協定その他の国際条約はこんな人道に反する行動を認めなかったはずだ。ロシアは日露戦争の恨みを晴らしたといっているらしいが、やり過ぎだ。日露戦争で日本は南樺太の割譲以外、何もロシアから奪っていない。

　中国には満州国の成立など、日本は悪いことをしてきた。中国が日本を恨むのは当然で納得できる。

　では米国が入ってきた日本本土は？　ウィキペディアには、米軍が占領した内地はよかったが、満州は悲惨だったという記述がある。

（二〇一七年一月二〇日）

宿直【くらしの作文】

私が利用する老人ホームでは、職員が男女を問わず毎晩宿直をする。午後五時～翌朝午前九時の十六時間で、一人が利用者二十人を担当する。

宿直業務は夕食の準備から始まる。厨房《ちゅうぼう》から運ばれてきた食事を配る。利用者の中には減塩など食事制限のある人がいる。さらに、ほとんどの人が食前食後に薬を服用する。間違いは許されない。

「薬は利用者に自己管理させたらどうか?」と言うと、「認知症者などで管理できない人が多く、無理」と。寝る前の薬の配布などもあり、利用者の求めで走り回る。

午後九時の消灯後は、一部の人のおむつの交換、徘徊《はいかい》する人のケアなど……。その合間を縫って仮眠するが、制服を着たままソファにごろ寝だ。これでは熟睡できない。いや、熟睡してはいけない。時間と無関係にナースコールをする人もいる。夜中でも何かあれば、職員はぱっと跳び起きる。二人以上からのナースコールは大変。きりきり舞いだ。

そして、午前七時の朝食と薬。八時半になると、日勤の職員が出勤する。九時になればやっと帰宅だ。やれやれといったところだろう。

こういう勤めは若くないと難しい。が、五十歳くらいの人もこなしている。

（二〇一七年二月二五日）

男尊女卑の弊　早く断ち切れ

金沢市は、不思議な都市である。石川県全体がそうなのかもしれない。誰もが男性は女性よりも偉いという。理由はない。

ショートステイなど人の集まるところでも、例えば利用者共通の新聞は男性が先に読み、女性は先に読んではいけないという。女性がそういっているから仕方がない。会合でも男性の発言は聞くが、女性の発言は無視される。参加者も女性ではだめ、男性が出席すべし……というような話が、ごく平然と語られる。

知人の葬儀があった。その日の夕方、男性は座敷で酒宴に興じている。女性は酒や料理の支度に追われている。参列した娘が「変なの」とあきれていた。これでは昔ながらの男尊女卑そのものではないか。男女平等が叫ばれて久しいが、金沢はまだこんな状況か。

私は名古屋に長くいたが、そんな状況はなかった。若い人たちよ、このような問題の解決はあなたたちでなければ無理だ。頑張っていただきたい。

（二〇一七年三月一三日）

戻り寒波でも心は温まった【テーマ特集「花見報告会」】

私のいる老人ホームで、花見に出かけた。四十人が午前と午後に分けて出かけ、引率は職員だ。

歩けない人は車いすを使う。私は歩けるが、つえを持つようにいわれた。中にはこれからどこへ行くのか理解できない人もいる。職員はこういう人たちを一人ずつ三台のマイクロバスに分乗させる。出発の合図があってからバスが発車するまでに四十五分かかった。着いたのは犀川のほとりの公園。バスから降りると随分寒い。おまけに花曇りだ。前日の金沢は最高気温が二二・八度を記録し、桜は一挙に満開となった。しかし今日午前は一一度。急な戻り寒波だ。

枝いっぱいに無数の花が咲いていた。きれいだった。花が一輪二輪散り、地面に落ちていた。それを拾って歩く子どもの姿があった。外にいたのは十五分くらい。職員の皆さま、ありがとうと感謝しバスに戻った。

（二〇一七年四月一九日）

不戦の誓いを世界に叫ぼう【テーマ特集「憲法記念日」】

現在の憲法が施行されてから七十年。この間、条文の一言一句とも修正されることはなかった。むしろ、この憲法を守ろうとする動きの方が強くなってきた。

一番問題になっているのが九条である。戦争放棄を訴えて七十年。日本はよく頑張った。この間、世界のあちこちで戦火の絶えることなく、一度も戦争をしなかったのは、十カ国にも満たないという。日本はそういう国の一つだ。これは世界に誇っていい。

現在九条についてはいろいろ言われており、はっとするような解釈も出ている。しかし、九条の根本には不戦の誓いが宿っている。どう解釈しようとこれだけは否定のしようがない。日本にいるわれわれは、この誓いを持って、不戦の決心を声を大にして世界に向かって叫ぶべきだ。

全世界の国々が九条と同じ法律を制定すれば、戦争など起こり得ない。われわれはそういう夢の実現を目指して、日本の平和を世界に輸出したい。あまりにも理想主義的だろうか。

（二〇一七年五月五日）

地引き網【くらしの作文】

底引き網の漁を一回、体験した。何かの行事で小学生の子どもと一緒に海水浴場へキャンプに行った時だった。

網は既に仕掛けられ、私たちは網を引っ張るだけだ。皆で引っ張っているはずだが、その重いこと。それでも網の部分が次第に小さくなっていって、いろいろな魚がたくさんピチピチと跳ねていた。私は魚を食べるのは好きだが、魚の名前をあまり知らない。

主催者の一人が「誰か刺し身のできる人いませんか」と呼び掛けた。すると主婦らしき人が手を挙げた。そして、人数からしてわずかだが、取れたての刺し身を味わった。

魚の中に、腹立たしそうに膨れ上がっている黄色っぽい魚がいる。もちろんフグだ。さすがに誰も手を付けず、食事は終わった。食後はファイアストームで騒いだ。

その後、男性五、六人が集まって酒を飲み始める。私もその一人。大分遅くまで飲んでいた。他の人たち（子どもたち）にも眠る人はまだいない。睡眠の妨害にはならなかったので安心した。

海岸で夜風に吹かれて飲んだ酒の味は忘れられない。皆初対面だったが、話が弾んでにぎやかだった。どんな話題が出たのか、酒が覚めてしまったら覚えていなかった。

（二〇一七年五月二五日）

焼却炉の廃止　考え直しては【テーマ特集「ごみ・リサイクル」】

かつて、ごみを燃やすと猛毒のダイオキシンが出るといわれていた時期があった。そのために焼却炉がどんどん廃止された。

有機化合物を燃やせば必ずダイオキシンが発生する。ダイオキシンと人との付き合いは、人類が火を得た時点で始まっている。

ダイオキシンによる死亡例は日本にはない。欧州でわずか四人。これは爆発事故によるもので、ダイオキシンが直接原因ではない。だから焼却炉を復活させて、燃えるごみはどんどん燃やせばよい。人体に有害になるほどのダイオキシンは絶対に出ない。

ただし、紙は食品や薬品などで汚れていなければリサイクルできる。ごみの中から紙だけを取り除けば、相当ごみの量は減るはずだ。紙専用のごみ袋、ごみ捨て場を用意してはどうか。

（二〇一七年六月二日）

頑張った治療　単独外出目標【テーマ特集「上半期回顧」】

心筋梗塞、慢性硬膜下血腫、パーキンソン病、糖尿病。これが私がかかった病気だ。しかし、このうち、前二者が治療済みである。

治療で長い入院生活を送り歩行困難になってしまった。幸いリハビリと歩行訓練のおかげで、車いすから離れ、歩行力が上昇してきた。特にこの半年間は頑張ったと思う。これで糖尿病の検査結果もよくなり、健康な人と変わらないと医師に言われるまでになった。私は老人ホームに入っている。歩行がいまひとつ心配とのことで、単独外出を認めてくれない。次の目標は単独外出にしよう。

パーキンソン病については、カフェインが効くという説がでてきた。一日三、四杯コーヒーを飲めばいいそうだから、本当ならこんなありがたい病気はない。ただ、施設の方が飲ませてくれるかが問題だ。

（二〇一七年六月三〇日）

肝臓が気になって【テーマ特集「人間ドック」・モーニングサロン】

昔はよく酒を飲んだ。自覚症状はなかったが、肝臓が気になり病院へ行った。医師は触診で「肝臓が腫れている。次回は奥さんと来てください。告知を希望しますか」。まるで告知されているようだった。そして血液検査、大便潜血反応、胃カメラ、大腸カメラ、CTスキャンと、まさに人間ドックだ。

医師は「大丈夫。でも毎日酒を飲んでいる人が急にやめるとノイローゼになるからやめないで。週二日の休肝日を守ること。定期検診を受けること。月に一回程度は飲んで大騒ぎしてもいいが泥酔しないこと」などと言った。

しかし〝いや本当は徹底的に悪くてもうだめだ。先は短いから好きなようにしろ。そんな状態なので告知を家族と相談するかもしれない〟と想像した。もし妻が急に親切になったら危険だ。数日間、様子を見ていたが変化はない。これなら大丈夫だと思った。

それから何年か後、胃と肝臓は元気だが、慢性硬膜下血腫、心筋梗塞、今はパーキンソン病。人間ドックでは発見できない病気ばかりだ。

（二〇一七年七月一四日）

みずうみ【くらしの作文】

ラインハルトが、互いに思いを寄せ合っていた幼なじみに、久しぶりにあったのは湖のほとりだった。彼が勉学のために故郷を離れている間、女は人妻となり、その湖の近くに居を定めていた。夫婦は彼を明るく迎えたが、彼がそこに滞在するほど、彼と女の思慕は強くなっていった。

ある日、二人は湖の周りを散歩した。しかし、もう手の届くところにはいなかった。「私たちの青春はどこへ行ってしまったのでしょう」とつぶやく彼。彼女は涙ぐんだ。彼は彼女への思いを断ち切るべく、その住まいを後にした……。

テオドル・シュトルム作「みずうみ」他四篇。私はこれを学生時代に読み、強く心を打たれた。その文はもはや小説ではなく、詩を読むような美しさだった。

ガールフレンドに紹介したところ、彼女もすっかり感激した。二人の間ではこの作品が話題となり、ロマンスが生まれた。そのロマンスを追い掛け、私はシュトルムの他の作品も読みあさった。原文のドイツ語にもチャレンジした。

だが、その彼女と私は結婚することはなかった。シュトルムに夢中になっている間、彼女は他の人と結婚して遠方へ行ってしまった。何のことはない。私がラインハルトになってしまった。

（二〇一七年八月六日）

公衆トイレで三角折り不要

トイレットペーパーの先端を三角形に折って、使用する人に供することを「三角折り」という。ホテルなどのトイレもこれをしてあって、私は「掃除が完璧です」と読み取り、かつては清潔感を感じたものだ。

しかし、公衆トイレを利用した普通の人が、次の利用者のためと考えて三角折りをしたらどうなるか。当人は気をきかせているつもりだろう。しかし、トイレットペーパーに当人の便や尿の雑菌やウイルスが付く恐れがある。最悪の場合、感染症の原因にもなる。どうしても折りたければ、用便終了後、手を十分洗浄消毒して、無菌の状態にしてから行うべきだ。

三角折りには不潔感が漂い、いやだという人も多い。私もこのような意見を聞くと、気持ち悪くなってきた。公衆トイレを掃除する人たちはよく心得ていらっしゃるとは思うが、一考の余地がある。わざわざ折らなくても、備え付けの器具できれいに切った状態にしておくだけで十分と思う。

（二〇一八年八月一四日）

（補足）

トイレットペーパーの三角折は、「誰も使った人はおりませんよ」という清潔感を与える。しかし、この作業をする人の手はどうか。汚れていないか。そう考えると「三角折はどうも」と敬遠することにもなる。北陸中日新聞は、この私の意見を参考にして特集を組んで、あちこちのホテルを取材し、特集を出した。また、私の意見を支持する他の人の意見も「発言」に出た。

人体学ぶため　献体協力願う

しらゆり会は、金沢大の中にある死後の献体希望者の組織。

私がしらゆり会に入ったころは、解剖実習用遺体が不足していた。現在では実習者が交代で複数の遺体に接し、人体のすべてを学習できるように工夫された。だから実習者四人に一体を何とか確保できている。

遺体はかつて広いホルマリンの風呂で保存されていたが、今は血管に防腐剤を入れて保存しているので、スペースもホルマリンの始末もいらない。

遺体を葬儀後すぐに茶毘《だび》に付すことは、考えようによってはもったいない。医師の卵にとって人体は未知の世界。それを全部知り尽くすことが要求される。遺体は金で買えないから、すべて献体に頼っている。実習後、遺体は茶毘に付され遺骨にして遺族に返される。より多くの人が献体に協力されるよう願っている。

（二〇一七年九月二二日）

見つからぬ記事【くらしの作文】

大学一年のころから日記をつけ始め、六十年続いている。ある日、古い日記帳を読んでみた。すると情けなくなったり、腹が立つことが続々出てきた。欲求不満をたたきつけていたのか。こんなもの家族に見られたらうるさい。

というわけで職場の定年退職の前後に、すべて処分した。山のようにたまった廃棄書類に交ぜて紙くずとして捨てた。人さまには「もったいない。自叙伝などを書けばいいのに」と言われたが、恥ずかしくてとても書く気にならない。

三十年前、わが家で新聞ダネになるような愉快な事件が起きた。その内容を調べたくなった。年月までは推定できたが、何日なのか分からない。日記帳はなく、切り抜いたスクラップも見つからない。

図書館へ出掛けて、マイクロフィルムの記録を追い掛けた。朝刊のほか夕刊も含まれるから、一カ月分でも膨大な量になる。推定の年月が違っていたのか、丁寧さ不足で読み飛ばしてしまったのか見つからない。

得られた結論は、日記帳は大切に保存すべきだった。退職時以降の日記約十年分は保存してある。後悔するぐらいなら、日記には人の悪口など書かないことだ。さあもう一度、見つからない記事を追い掛けて図書館へ行こう。

（二〇一七年一〇月七日）

物粗末にする風潮が服にも

ズボンのゴムが伸びきっている。はいているとずるずる下がる。これでは格好が悪い。ではゴムを取り換えようと思ったら、ゴム取り換え用の穴がない。ズボンの布にゴムが縫い込まれているのだ。このズボンはまだ新しい。捨てるのはもったいない。ではズボンつりを使ってはこう。これがパンツだったらどうにもならない。捨てるしかない。

私の若いころは、ゴムの取り換えが子どもでもできるように簡単だった。いつごろから縫い込むようになったのだろう。取り換え用の穴が開いているものもあるが、これにしても劣化したゴムを取り外すのにかなり手間がかかる。固定するために何カ所か縫い込まれているからだ。

パンツなどは使い捨てということだろうか。こんなところにも物を粗末にする風潮が出てきている。

（二〇一七年一〇月三一日）

風船バレー【くらしの作文】

風船バレーは、バレーボールのボールを風船に代えたスポーツだ。風船は人の顔より幾分大きめに膨らませる。風船だから当たっても痛くない。安全なスポーツとして老人ホームでよく行われる。

さてルールは普通のバレーとどう違うのか。まずチームの人数が決まっていないが、一人や二人ではできない。ネットを挟んで並べられたいすに選手が座る。車いすの人もいすごと位置に着く。

サーブは誰がやってもいい。ボールを手で飛ばしパスする際、一人がボールに続けて二度以上触れるドリブルや、ボールを両手で抱えるホールディングは正式なバレーでは禁止されている。

ボールのパスの回数は、一方のチームで三回以内で他方のチームに返す。風船バレーでは、こういう禁止事項は一切ない。一方のチームの中だけでごそごそといつまでもパスを繰り返してもよい。

床に落ちたらどちらかのポイントになる。床に落ちかけた風船を誰かが足でけった。ルール違反という声と大笑いが同時に起きた。結局有効となった。

選手は高齢者だから万一のため職員が、コートの外側に待機する。職員にボールが向かったら、職員はパスしてよい。実に変なルールだが、皆楽しくやっている。

（二〇一七年一一月一〇日）

原発に頼らず　火力に比重を

原発利用計画がまたぞろ出始めた。国民の多くが反対しているのになぜなのか。原発に頼らねば電気不足になるとは思えない。

原発の建設、発電に要する経費は従来の火力、水力よりも安いという。しかしいわゆる核のごみは、放射能のある危険な物質。そしてごみの量は、発電を続ける限り増え続ける。事故が起きればどうにもならなくなることは、福島など過去の事故が証明している。

原発廃止の動きが世界各国で起きている。しかし日本は再稼働が進む。地元には甘いあめをしゃぶらせ、原発賛成のムードをつくり、市民は原発は安全という考えを持ってしまう。

もっと火力に任せるべきだ。二酸化炭素の問題は、車を減らすとか電気自動車にすればいい。原発の近くにも学校はある。教師たちは原発のことをどのように指導しているのだろうか。

（二〇一七年一一月一四日）

二〇一八年

お酒に料理に最高の時間？【テーマ特集「私の初夢」】

「今日は元日。夜更かしの割には早く目覚めた。美しいオーケストラの演奏が流れている。誰が聴いているのだろう。音楽好きの妻かな。起き上がると、テーブルには山のようにお節料理が並び、コップがある。ズワイガニも。冷蔵庫に冷酒がある。早速コップに注いだ。妻や子どもたちはどうしたのだろう。でも飲み食いするのに、家族などどうでもよい。コップを口につける。冷酒が気持ちよくのどにしみとおる。一杯飲みながらのお節は最高だ。おや、何だこれは。お節の向こうに瓶がある。やった、ウイスキーだ。冷酒とウイスキーのカクテルが飲める。昨夜私が眠りについたころは、妻が台所にいた。これらを用意してくれたのだ。その時『痛い！』。誰かが頭をたたいた。失礼な。またぽかり。いいかげんにしろと全身を揺さぶった。あれ、冷酒とウイスキーがない。音楽も止まった」

「起床の時間ですよ」と老人ホームの職員の声。これが初夢とは、情けない。

（二〇一八年一月四日）

受験無関係の分野も大切に

　私の専門は化学である。高校時代に化学を取ってこなかったという学生が少なくない。そういう学生たちに不利にならないように、講義内容に気を配った。しかし、彼らは私の講義についてくることは大変だったと思う。それでも、彼らは不平を言うこともなく、期末試験に合格していった。

　大学生になったら、あらゆる情報を勉強して広い範囲を眺めることのできる能力を持ってほしいと思う。化学とは関係なさそうな分野に進んだとしても、化学の知識が役立つことは多い。他の分野の科目についてもそういえる。だから高校では受験に関係ない分野の授業も受けてきてほしい。

　受験生からもうすぐ入試があるのにそんなのんきなことはできないといわれそうだ。だから、この考えは来年以降大学進学を希望する人に伝えたい。高校で試験に関係ない科目の勉強には気持ちが動かないだろうが、大学在学中あるいは卒業後、役に立つような情報もきっと多いはずだ。

（二〇一八年二月一五日）

反省でつかんだ合格【テーマ特集「七転び八起き」・すくらんぶる交差点】

高校三年生になって四回の模擬テストがあった。最初は二百五十六位（2^8・2の8乗）。随分がっかりした。猛勉強で二回目は百二十八位（2^7）、三回目では六十四位（2^6）で、東大も受かるといわれた。毎日自宅で最高八時間勉強したが、最後は二百六十一位。これでは地元の国立大も無理だ。油断したのだ。改めて勉強態度を調べた。本番は地元の国立大を目指して合格。反省なく本番を迎えたら不合格になっていただろう。

（二〇一八年五月二四日）

和倉への旅が　妻とは最後に【テーマ特集「平成を振り返って」】

一九八九（平成元）年は私が金沢大の教授になって三年目の年である。新しい希望に満ちて活躍していたころだ。そして二〇〇七年三月末に定年退職した。

その後の六月一日から、私は妻とともに石川県七尾市の和倉温泉の加賀屋に二泊した。この日は三十七回目の結婚記念日。記念日ということで、旅館から二人の記念撮影とお祝

い の品を受けた。

年がいもなく、私たちは二度目の新婚旅行をしているような気持ちになった。しかし、妻は間もなく間質性肺炎にかかり、長い入院生活の末、一一年に亡くなった。

結果として和倉行きは二人の最後の旅行となり、別れの儀式のようになってしまった。その後、私も健康を害し、入退院を繰り返し、現在では老人ホームで余生を送っている。あのときの思い出は忘れられないものとなった。


（二〇一八年六月八日）

既成の事実が法律で明確に【テーマ特集「18歳から大人に」】

かつて日本では個人の年齢を数え年で示していた。数え年とは、生まれた年に一歳となり、最初の元旦を迎えると二歳になるというものである。

太平洋戦争後、満年齢の制度が導入され、生まれた年はゼロ歳、最初の誕生日で一歳になる、というふうになった。

例えば十八歳の人の多くが既に数え年二十歳になっている。

民法の未成年者の定義は、明治時代に制定され、変更はされていないはずだ。だから、満十八歳以上を大人に、という提案は古い昔に戻ったといえる。数え年を満年齢に変更する際、誰も民法の未成年者の定義の変更を気付かなかったようだ。

現在、高校卒業以降を大人扱いすることは、既成の事実となっている。現に「十八歳未満は○○」という表記を至るところで見聞きする。この実態を法律的にはっきりさせたと考えていい。

満二十歳から大人という制度が七十年以上も続いたから、十八歳成人説になじめない人は多いだろうが、慌てずゆっくりと慣らしていけばいい。

（二〇一八年七月四日）

若いころより手軽に涼しく【テーマ特集「私の暑さ対策」】

私は暑がりである。若いころは自宅には冷房がなかったから、パンツ一枚になり、肩にぬれ手ぬぐいをかけて過ごした。時々風呂場で顔を洗ったり全身に水をかぶるなどしていた。

現在は老人ホームで生活している。ホームの共同利用の広間は冷房完備だから、人目もあるので下着姿はできない。この広間を囲むように老人利用者の個室が並んでいる。個室の冷房は利用者個人の判断でオン、オフができる。

個室には換気扇が終日動いている。この空気取り入れ口がどこか分からないが、どうも建物の中にあるようだ。だから、部屋に入ってくる気温は外気温と比べてかなり低い。

したがって個室の気温は冷房なしでも三〇度未満だ。少し暑いと思ったら冷房の温度調節を、換気扇が運んでくる気温よりも一～一・五度低い温度に設定する。それで十分涼しくなる。

涼しくなりすぎたら冷房を切る。これで汗が出てきたらまた入れる。

若いころに比べ、涼しさが自由になることはありがたい。（二〇一八年七月一八日）

親になっても宿題四苦八苦【テーマ特集「さあ夏休み」】

夏休みの長期休暇になると、私は子どものころを思い出す。休みに入る二、三日前から、休み期間中の予定表と一日の生活の仕方の計画を念入りに決める。これに相当時間をかけた。

いざ始まると、最初の一日はその通りに実行するが、すぐに三日坊主ならぬ一日坊主になってしまった。揚げ句の果ては、休み期間の終わりごろになって山のように残った宿題に四苦八苦したものだ。

年がたって、今は自分の子どもが夏休みを迎えた。宿題の処理をいつも私が考える羽目に。妻から「一人一研究を考えて。その代わり、今夜ビールを一本おまけするから」と言われた。

どうやら子どもらしい作品ができて、それを子どもに持たせると、若い先生が言ったものだ。「関崎君のお父さんは大学の先生だから、いいものができるのは当然」。ひと言、子どもを褒めてほしいと思った。やれやれ。

そして今は、老人ホーム暮らしで、発言欄への投稿の原稿書き以外は何もしない。やっと宿題のない「永久の休暇」を得ることができた。

（二〇一八年八月一日）

避難リュック亡き妻の形見【テーマ特集「災害への備え」】

自宅に一個のリュックサックがある。万一の場合の避難用品が入っている。十年以上前に妻が用意したものだ。

ある日、食品の腐敗が起こっていないか確認のために開けたところ、食品は入っていなかった。

元通りにふたを閉めようとしたら、閉まらない。携帯ラジオが入らなくなってしまった。そして、ラジオはそのリュックのそばに置きっ放しになってしまった。

さらに妻は家庭用の消火器も用意していたが、それが見つからない。幸いにもこれらが役に立つことは今までになかった。私は今自宅を離れ、老人ホームにいるから、火災や水害の心配はなかろう。

しかし、彼女は間質性肺炎で亡くなった。たばこの吸いすぎで肺で酸素と二酸化炭素の交換が不能になり、窒息死したのだ。これほど用心深い妻がこんな形で命を落とすなんて、考えられない。

私は老人ホームから時々、様子を見に自宅へ帰る。いつだったか、そのリュックとラジオを部屋の真ん中に置き直した。妻の立派な形見だ。

（二〇一八年八月二八日）

青春18きっぷ　いろいろ規定

「青春18きっぷ」をご存じだろうか。特に若者の間で人気がある。これはＪＲの普通、快速列車に一日乗り放題の切符だ。

新幹線や在来線の特急には特急券を買っても乗れない。利用期間は春、夏、冬のそれぞれ約一カ月。この期間内に五回（五日）まで利用できる。今度は十二月に販売される。値段は税込み一万一千八百五十円。一日分が二千三百七十円だ。利用期間内に未使用回数が残っても、払い戻しはされない。

年齢に関係なく誰でも利用できる。子どもは大人と同額である。利用する日にＪＲの乗車駅で日付の判を押してもらって旅行が始まる。私も五十代まで、これで北陸をしばしばうろついた。四十代のころ、東京まで往復したときはさすがに疲れた。

この切符で注意すべき点は、元ＪＲでも第三セクターは利用できない。ただし金沢―津幡間は七尾線に向かう場合とその逆は利用できるが、東金沢、森本での下車はできない。富山―高岡間にも似た規定がある。

（二〇一八年九月二九日）

印刷所見学【くらしの作文】

石川県と福井県の中日くらし友の会の会員交流会が、中日新聞北陸本社で行われた。合わせて二十四人が集まった。そこで思わぬ人たちに会うことができた。私の著書を読んでくださった人、別の会合で私と会ったことのある人たちなどだ。

交流会では、昼食と自己紹介、活動内容の紹介などを話し合った。

終了後、北陸中日新聞の印刷所を見学した。輪転機の見学は、中学生のころ以来だ。あらゆる点が自動化し、昔の記憶しかない私にとっては驚きの変容だった。危険な箇所も多く、立ち入ると警報器がけたたましく鳴るシステムになっていた。

私たちが見学したのは、新聞紙の元になるロール紙のセッティング、コンピューターで送られてきて印刷の元になる刷版システム、印刷された新聞が勢いよく出てくる搬出口と梱包《こんぽう》システムなど。巨大な印刷機は一階から二階にあり、一階には印刷用のロール紙が多数並んでいた。

階を移動するから当然階段がある。手すりがないのには困ったが、つえをついて何とか移動した。私は病気で両足がしびれており、時々ふらついたりしたが、周囲の会員さんが気を配ってくれたおかげで助かった。くらしの作文の同僚という感じがした。

（二〇一八年一一月一九日）

「アマメハギ」幼児には恐怖

能登のアマメハギが、日本の多地域にある類似の行事とともに一括されて「来訪神　仮面・仮装の神々」として、国連教育科学文化機関（ユネスコ）の無形文化遺産に登録されたことは喜ばしいことである。

この行事は、鬼、天狗《てんぐ》、ときには幽霊のように仮装した人たちが民家を回って厄払いをするものだ。無形であることが想像を豊かにしてさまざまな形を創造し、さらに豊かな行事として盛り上がることを期待する。

しかし、その仮装姿は見ただけで気味が悪い。さらに幼児にお面の顔を近づけて「怠け者はいねえか」などと言って怖がらせる。そして、家の中を歩き回る。幼児が怖がって泣きだす光景を報道写真でよく見る。

たとえ短時間であっても幼児にとっては恐怖である。幼児を脅かすなら仮装だけでいいのでは。怖い声も「ママの言うことを聞くからいい子だ」などと言えば幼児は喜ぶだろう。これでは興ざめか。めでたいユネスコ指定に水を差すようで申し訳ないが、読者諸氏はいかがお考えだろうか。

（二〇一八年一二月一八日）

二〇一九年

お酒弱い人に無理強いダメ

酒に含まれるエタノールは胃や腸で吸収され、肝臓へ送られる。肝臓でエタノールは、酵素によりアセトアルデヒドに変わる。アセトアルデヒドが多幸感を生み出す。すなわち酔う。

この変化は速く進むから、酒を飲めばすぐに酔いを感じる。アセトアルデヒドは別の酵素により酢酸に変わる。この変化はゆっくり進むから、飲酒後も酔いが続く。酒を大量に飲めば、酵素が処理に追いつかず、不快感が出てくる。これが二日酔いだ。

日本人の約半数はアセトアルデヒドを処理する酵素の分泌がない。こういう人は少しでも飲酒するとすぐに二日酔いになる。欧米人にはこういう体質はない。

成人式で大人と認められた人は、自分が酒が飲める体質かどうかを見極め、人に無理な飲酒を勧めないよう自重されたい。

（二〇一九年一月一三日）

地方議員　活動状況開示して

先日の一連の地方議員の選挙では、軒並み投票率が低下した。有権者と候補者のつながりは、選挙運動中の立候補者が書いた自己宣伝の記事だけだ。これだけでは誰を選べばよいか見当がつかない。有権者に対して議員の普段の活動状況が周知されないからだ。

議員自身が会場を借り切って演説をすれば、うっかりすると事前運動と見なされ、摘発されてしまう。これでは、個々の議員の顔も活動状況も全く分からない。有権者の関心が遠のくのは当然である。

国会議員については、マスコミに取り上げられることが多く、ＮＨＫが国会中継をするから、ある程度の活動は分かる。地方議員にはこういう機会すらない。

地方議員の活動状況をもっと開示することが肝心である。

（二〇一九年五月一日　令和元年初日）

リハビリ　どんどん歩きたい　【テーマ特集「私の元気のもと」】

私は心筋梗塞で三カ月間気を失っていた。九死に一生を得て退院したが、全く歩けず。老人ホームで車椅子生活をしながら、歩行のリハビリをした。

最初はホームの先生の指導を受け、数十メートルほど歩けるようになった。その指導を卒業して今は単独でリハビリを続けている。この中には立ったまま平衡を保つリハビリも含まれる。だからふらつきが消えてきた。

一回の所要時間は十五～二十分であろうか。これらを一日二、三回行っている。最近は自分の判断で、正座の訓練も取り入れた。おかげで三十秒の正座が可能になった。自分のペースで力いっぱい行うから、妙な手抜きをしない。

時々ホームの職員の付き添いで戸外を散歩する。これで歩行も正座も進歩し、歩行は無休で五百メートル以上が可能になった。あとは十分間の正座が目標だ。最近は、単独の外出が許可されるようになった。するとリハビリにさらに力が入る。ホームの利用者の中で、私は最も元気がいいと思う。

（二〇一九年六月七日）

障害者の一人旅【くらしの作文】

私は身体障害者で、足がしびれて歩行が困難だった。しかし老人ホームで歩行訓練をしたおかげで、数百メートルなら休まずに歩けるようになった。

そういう状況下、名古屋の中学のクラス会の案内が届いた。どうしても行きたい。ホームでは老人の単独の遠方旅行の例がない。慎重論が出た。しかし切符購入時にみどりの窓口に依頼すれば、無料で改札口から乗車まで、それと下車後、タクシー乗り場まで車椅子に乗せてくれる。問題は金沢駅の西口から改札口までのわずかな距離であるが、これぐらいは歩ける。やっとホームから許可が下りた。

いよいよ当日。タクシーで金沢駅へ。改札口までは一人で用心深くつえをついて歩けた。改札口から「しらさぎ」の席まで駅員さんが車椅子で運んでくれた。名古屋駅ではプラットホームに駅員さんが待機。タクシー乗り場まで全く歩く必要がなかった。

会の参加者は九人、うち女性四人が誰か分からない。名前を聞いて、あーそうかと思い出し、昔の面影を探した。

楽しい時間はあっという間に過ぎ、何人かが名古屋駅の改札口まで送ってくれた。帰りは行きと同様に両駅の駅員さんの助けで、時間通り無事老人ホームまで帰れた。やったぞ、と感じ、今後の生き方に自信が持てた。

（二〇一九年二月二六日）

（補足）

私は要介護3の身体障害者である。単独で駅構内を歩くと転倒などの事故に遭うと思い、金沢駅のみどりの窓口に相談した。その結果、旅行当日、両駅で駅員さんに車椅子に乗せてもらい無事に列車の乗降ができた。下車後はタクシー乗り場まで車椅子で連れていってくださった。

この費用は無料だった。両駅の駅長さん宛に、この作文のコピーとともに、お礼状を送ったところ、丁寧なご返事をいただき、さらに大阪のＪＲ西日本株式会社からもご返事をいただいた。このことを知った北陸中日新聞は1面のトップにこういうＪＲのサービスがあることを大きく報道した。

そこで、この作文を名古屋地区の紙面にも載せていただくように、北陸中日新聞にお願いしたところ、２０１９年3月12日付東海地方の中日新聞にも出て、名古屋近辺の何人かの人たちから郵便や電話をいただいた。「名古屋へ帰ってきたのか」という声も聞かれた。反響の大きさにびっくりした。

名古屋地区の紙面掲載の依頼は２０１６年4月6日の「思い出の合唱」（１５０頁）で

もしており、名古屋の中日新聞には4月14日に載った。

帰郷の旅行は最後にしない【テーマ特集「平成最後の〇〇」】

私は名古屋で生まれ育ち、仕事の都合で三十一歳で金沢へ転居した。それ以来、名古屋には何度も出かけた。両親の家に泊まり、知人に会ったり出身大学へ行ったりと、結構用事があった。回数が多いので、もっぱら長距離バスを利用した。しかし、両親が亡くなり、さらに私自身の老いのため、出かけるときはJRのグリーン車に乗るようにした。

昨年十一月二十六日に出身中学のクラス会に出席した。居住する老人ホームでは最初単独の名古屋行きを例がないとして危ぶんだが、リハビリの成果と、JRの名古屋、金沢両駅構内は駅員さんによる車椅子での移動ということで、許可が下りた。このことは「くらしの作文」にも書いた。

クラス会では、出席したメンバーと再会の約束をしたから、また行くつもりだ。しかし、平成時代の名古屋旅行はこれで最後となるだろう。ただこれを一生で最後にはしたくない。そのために足腰が弱らないように、老人ホームでは毎日リハビリを続けている。

（二〇一九年三月一四日）

元号とともに西暦も大切に【テーマ特集「新元号に思う」】

新元号が「令和」と発表された。出典は万葉集とのことであるが、私は「令」が、いかなる意味をもってこの古典に登場したのかは、恥ずかしながら無学のため知らない。

それはともかくとして、「令」には命ずるの意味もあるが、他人を尊敬して呼ぶ際にも使われる。令息、令嬢、令夫人などである。「和」には「なごむ」という訓読みがあり、平和の「和」である。人を尊敬しあうところに互いのなごみがあるという解釈が成り立つ。人を思いやれば、そこに平和が訪れる。何と素晴らしい元号だろう。

ただ、昭和生まれの私にとって、平成、令和となると、私の年齢が混乱してくる。世界の情報の吸収にも影響し、歴史を語る際にも差し障りが出る。このような事態を避けるために、西暦を重視する気持ちも忘れられない。

明治生まれの私の父が、今生きていれば何歳になるかを知ることは至難の業になった。令和を大事にしつつ、西暦も忘れないように記憶にとどめていきたい。

（二〇一九年四月一一日）

今度は岡山へ【くらしの作文】

私は三年ほど前に、心筋梗塞で三カ月間入院した。その間ずっと意識がなかった。内科医が主治医だったから手術は受けなかった。しかしどんな治療が行われ、誰が見舞いに来てくれたか、全く記憶がない。記憶があるのは退院の日以降だ。

長期間寝ていたから、全然立ち上がれない。寝台車で、今いる老人ホームに入った。そして長く車いすの生活を送った。

リハビリのおかげで数カ月したら、立てるようになり、少しずつ歩けるようになった。車いすでトイレに行くのは一苦労だった。リハビリの先生によれば、回復までに三年はかかるとのこと。

しかし二年ほどで数メートル歩けるようになり、やがて歩数はだんだん増え、現在では数百メートルは休憩なしで歩ける。日常生活には全く差し支えない。先日は名古屋まで一人で行ってきた。

心筋梗塞とはかなり死亡率の高い疾病とのこと。よく回復したものだ。老人ホームの職員は、歩行時には必ずつえを持つようにと言うが、つえなしでも歩ける。階段の上り下りもできるようになった。

リハビリは今も続いている。これをやめると高齢だからすぐに歩けなくなるそうだ。しかし私は負けない。今度は岡山の友人を訪問したい。


（二〇一九年六月四日）

高校野球　プロにない面白さ

明治維新後、西洋の文化・文明とともに西洋のスポーツも日本へ流入した。野球はこの中で最も早く庶民、特に子どもたちの関心を誘ったようである。

当時の日本人はこれらの日本語表記を考えた。一八七二（明治五）年に流入したベースボールに「野球」という名がついたのは九四年。塁、投手、打者、走者、遊撃手、併殺など用語も次々と日本語化した。こんなに日本語が入っている西洋スポーツは珍しい。

高校野球は野球の発展の一つとして忘れられない。私も子ども時代にこれでルールを覚えた。スタートは一九一五（大正四）年に始まった全国中等学校優勝野球大会にさかのぼる。

高校野球はＮＨＫが甲子園の全試合を完全中継する。プロ野球中継もそこまではしない。

高校野球にはプロ野球にはない面白さがある。多くの名選手も生まれた。間もなく高校野球のシーズン。私も年だ。野球はできないが見ることはできる。

（二〇一九年七月七日）

名前の読み方　難しさに困惑

最近、「神谷」さんという人に出会った。「カミヤ」さんと信じて疑わなかったが、「カミタニ」と読むと知って驚いた。

授業で学生の出席取りの際、「道庭」君を「ドウテイ」君と呼んだら、他の学生がどっと笑った。くだんの学生が履修票に「ドウニワ」とふりがなを書いていなかったからだ。

私の姓は「セキザキ」だが「カンザキ」と読まれることがある。

名字ではなく名前になると難しい読み方の自由度が増え、ますますややこしい読み方が出てくる。「森」と書いて「シゲル」という人がいる。漢和辞典には「シゲル」という読み方はない。

希望者には戸籍の名の欄にふりがなをつける制度があったが、いろいろ変遷を経て、間違えやすいことと煩わしいことなどで一九九四年に廃止された。これは復活すべきではないか。

（二〇一九年七月三一日）

書くこと【くらしの作文】

私は、怪しげな短編小説やエッセーを書き、自費出版している。この時、編集者から注意を受けるのは差別語、あるいは不適切語だ。この辞典まであるから恐れ入る。

まず「ボケ」は不適切語とされ「認知症」という語が導入された。元来「認知」は、親が子であると認め法律上の親子関係を発生すること。

「坊主」は、自分の息子を謙遜して使う語だ。人の子に使ってはいけない。ましてや僧侶の意味に使うことは論外である。そのほかに「床屋」「未亡人」「唖然《あぜん》」「呆然《ぼうぜん》」も駄目と知って驚いた。

「障害がある」はいいが「障害を持つ」はいけない。後者は、好んで障害を有する意味になるからだそうだ。実は「障害」もだめだ「障碍」と書くべきだとする意見もあるそうだ。すると「碍」は常用漢字でないから「障がい」にすべきだという声もある。

すると私自身が持っている「身体障害者手帳」はどうなるのか。公用語だからいい？

確かに公文書には「障害」なる語がよく出る。こうなると訳が分からなくなる。

差別語の代わりになる適切な語が登場すると、まずは落ち着く。しかしその言葉もやがて不都合になるかもしれない。文章を書くとき、恥もかくし冷や汗もかくことを覚悟せねばならない。

（二〇一九年八月二五日）

五輪も極限求めず楽しんで

東京五輪まで一年を切った。四年ぶりのお祭りだ。多くの人は見物して楽しむ。しかし、出場する選手、監督など関係者にとってはお祭りどころではない。

記録が0・01秒でも縮むことを考えて、極限に向かって激しい練習を続ける。この過酷な練習は選手の体をむしばむ恐れがある。昔、金メダルを取ったある選手は激しい練習で骨がかすかすになり、実年齢が三十歳なのにその骨は六十歳並みに劣化したと聞いたことがある。

好成績を上げればメダルと知名度が得られ、日本では高額の賞金も出る。ここまで選手を追い詰め、0・01秒を争って体を壊すことが本来のスポーツだろうか。大相撲の力士が休場するのも、無理な稽古をやりすぎているからではないか。

スポーツは本来、楽しむために生まれたはず。記録などどうでもいいとは言わないが、出場者も観衆も極限を要求せず、もっと楽しくやるわけにはいかないだろうか。

（二〇一九年八月二六日）

若者の成長　温かく見守ろう

「近ごろの若い者は……」は老人の得意のせりふだ。ある人は、近ごろの若い者を「サルから毛をそったような動物」と言った。これほど侮辱されては若い人も立つ瀬がないだろう。

若くない人とは中高年の人だろうか。こういう人を大人と呼ぼう。大人（と思っている人）は自分の若いころはどうだったのか。大人も最初は子どもだった。そして若者となったはずだ。「近ごろの若い者は……」と言われて育ったかもしれない。

若い者が大人並みの十分な見識と良識を持つとは思われない。若い者は、大人と比べて若いから未熟なのであって、社会の中で成長して一人前になっていくものだ。

若い者と大人との戦い（？）は、両者が存在する限り続くだろう。大人は若い者の成長を温かく見守り、若者は大人を将来の自分を見据えて尊敬すべきである。そうなれば「近ごろの若い者は……」なる言い草はなくなるのではないか。

（二〇一九年九月一九日）

ホームの日々　新聞とともに

私は老人ホームの個室に住む。新聞は職員が部屋に入れてくれる。一面の各記事の見出しだけを見て、中日春秋を読む。次に発言と「くらしの作文」を読み、社会面を丹念に読む。そして前の面に逆に向かって読み進める。「こちら特報部」と社説もこの時に読む。

食事の時は新聞との両刀使いを避け、食事に熱中する。食後に再び新聞に向かう。面白い記事があると切り抜き、スキャナーを使ってメル友に伝える。早々にその感想がメールで送られてくる。メールのやり取りが繰り返されることもある。

午前九時を過ぎると新聞はいったんお休みして、ホーム内の散歩に出かける。新聞は終日机の上に置いてある。思いついたらすぐ読めるようにしたいからだ。

個室には新聞の保存場所はないから、適当に処分する。重要な記事は切り抜いて保存する。なるべく荷物を増やさないように、保存には厳しく数を制限する。戸惑うのは休刊日だ。同時にほっとする日でもある。

（二〇一九年一一月八日）

照ノ富士　けが注意し頑張れ

今回の大相撲の番付発表で十両に上がった力士の中に、幕下優勝した照ノ富士がいる。モンゴル出身の二十八歳。彼はかつて十四場所も大関を務め、幕内優勝もした。しかし、両膝のけがと糖尿病で序二段まで転落。そして再び十両まで戻ってきた。

大関が序二段まで下がれば負けた苦悩を負い、ファンの悪口を浴び、マスコミにたたかれ、揚げ句の果ては引退の勧告……。そういう世の中の雑音によく耐えたものと感心する。

以前は場所でけがをしたら公傷とみなされ地位が守られるという規則があった。公傷制度があればここまで落ちることもなかったのではないか。

それはともかくとして、よくぞ浮上した。この努力は並大抵ではない。この調子で大関の地位を取り戻してほしい。いや、横綱も目指してほしい。この年なら可能性もある。

糖尿病は仕方がないとして、二度とけがをしないように注意も払ってほしい。頑張れ！

（二〇一九年一二月七日）

賞味期限の基準　少し緩めて

奈良県生駒市で食べ残った加工食品を持ち寄って交換する行事が行われたとＮＨＫラジオが報道した。持参する食品は賞味期限内で未開封のものに限る。結構にぎわったとのこと。うまいことを思いついたものだ。

メーカーの加工食品にはおいしく食べられる期限が明示されている。これが賞味期限だ。私のいる老人ホームでは、期限が一日でも過ぎた食品を持っていると、没収されてしまう。期限切れでもおいしく食べられるものは多い。期限設定の基準をもう少し緩くすることはできないだろうか。賞味期限とは別に消費期限というものがある。これも明示してはどうか。

食べ残すほど大量に買わないことが大事だ。報道のような行事が近辺でも行われることを期待する。

（二〇一九年一二月二九日）

脱線化学者の投稿はまだまだ続く……

著者プロフィール
関崎　正夫（せきざき　まさお）

1941年８月生まれ。
1964年、名古屋大学理学部化学科卒業。
1965年、名古屋大学助手。1972年、理学博士号取得。
1972年、金沢大学教養部助教授。1986年、金沢大学教授。
1996年、薬学部に配置換え。
2007年、定年退職。現在金沢大学名誉教授。
■著書
『入門FORTRAN77』（1987年）『わかりやすい物理化学』（1988年）
『入門JIS COBOL』（1990年、以上いずれも共立出版）
『化学の目でみる物質の世界』（1995年、内田老鶴圃、共著）
『マッチと清水誠』（1996年、金沢大学薬学部、共著）
『化学よもやま話』（科学のとびら39、2000年、東京化学同人）
『化学史学会編「化学史事典」』（2017年、化学同人、共著）
『気まぐれエッセイ集「北陸雪譜」』（1999年、能登印刷）
『脱線化学者の独り言』（2017年、文芸社）
『脱線化学者の独り言２』（2019年、文芸社）

脱線化学者の新聞投稿

2020年９月15日　初版第１刷発行

著　者　関崎 正夫
発行者　瓜谷 綱延
発行所　株式会社文芸社
〒160-0022　東京都新宿区新宿1－10－1
電話　03-5369-3060（代表）
03-5369-2299（販売）

印刷所　株式会社フクイン

ISBN978-4-286-21911-0